NHK俳句

添削でつかむ！俳句の極意

7つのメソッドで力がつく

髙柳克弘
Takayanagi Katsuhiro

NHK俳句

添削でつかむ！
俳句の
極意

7つの
メソッドで
力がつく

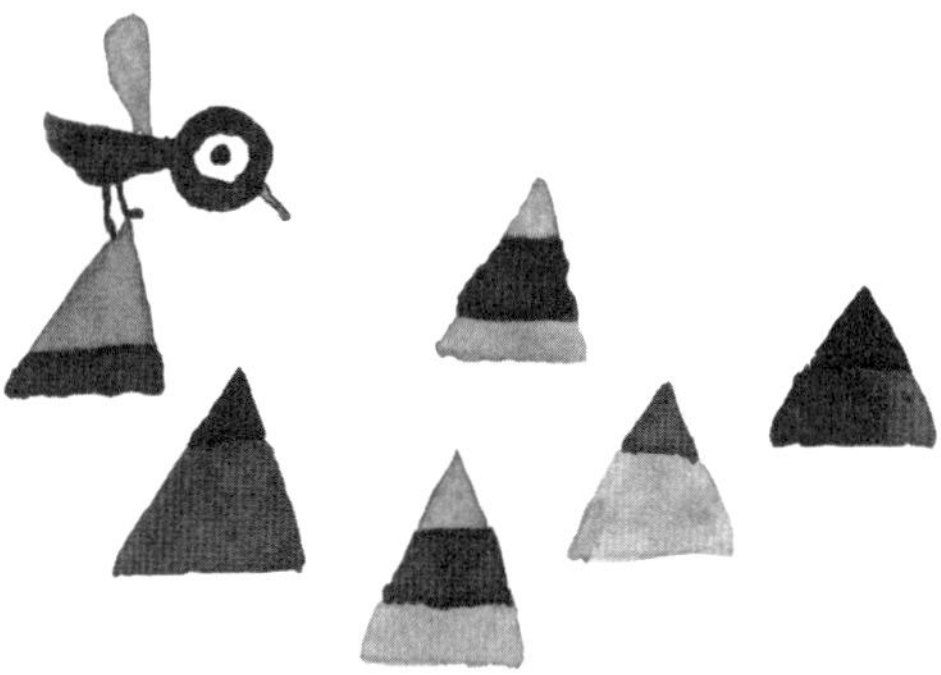

はじめに

俳句の達人たちは、言葉に敏感です。たとえば、ライバルでもあり親友でもあった、芥川《あくたがわ》龍《りゅう》之介《のすけ》と久保田《くぼた》万太郎《まんたろう》。文学史に名だたるこのふたりは、お汁粉とは「喰《く》う」ものであるのか、「飲む」ものであるかと、熱心に議論したことがあるそうです（「味の自由」）。

　ふたりは俳句について語るときも、真剣勝負です。ある時、龍之介は万太郎に、

　　うすうすと曇りそめけり星月夜

という自作の句を示します。万太郎は、これはよいと判断しました。星が月のように輝いて明るい「星月夜」、それがだんだん曇ってきたという、微妙な変化を捉《とら》えて、繊細な一句ですね。ところが龍之介はこの句の出来がいまひとつ気に食わなかったのか、

　　冷えびえと曇り立ちけり星月夜

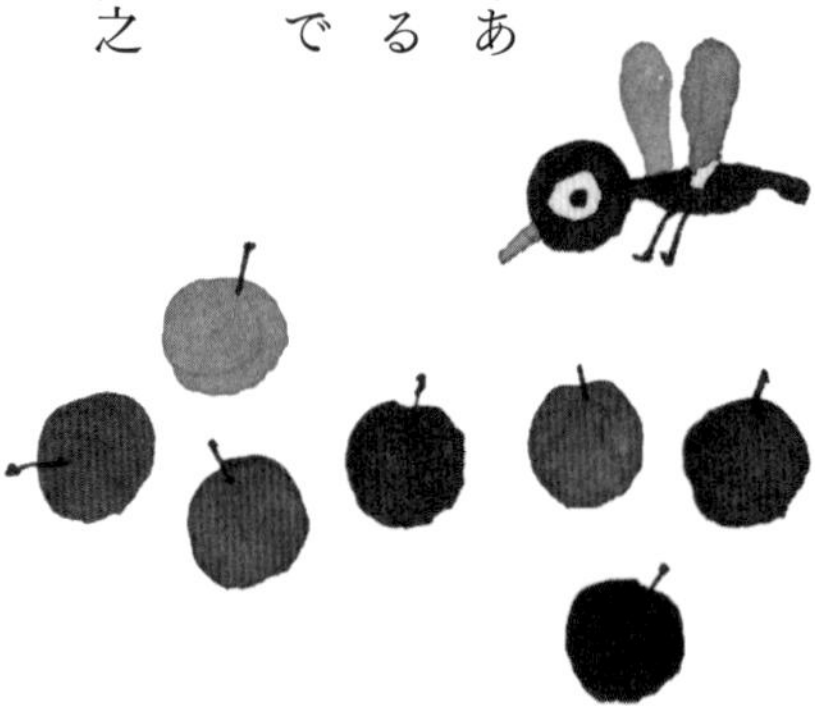

と直して、ふたたび万太郎に見せます。今度は、万太郎は頭を振って、「いけません」と返し、譲らなかったそうです（「久保田万太郎氏」）。万太郎がこれでよいとしたほうは、視覚的な印象のみ詠《よ》んでいて、すっきりしています。龍之介がこうしたいと見せたほうは、秋らしく冷えてきた感覚も織り交ぜていて、こまやかです。ちょっとした表現によって、印象が大きく変わってしまう俳句においては、一字一句にまで気を配る必要があるのです。

　龍之介や万太郎のような俳句の達人たちは、このように俳句作りに欠かせない知見を残してくれています。この本では、彼ら先人たちの添削や推敲《すいこう》を解説しつつ、俳句が上達する七つのメソッド（方法）を紹介しています。

　この本を手に取ってくださったみなさんは、それぞれ、理想とする俳句があると思います。そこにたどりつくために、孤独である必要はありません。過去の偉大な先人たちが、みなさんの手を取り、俳句の極意へ至る道を、ともに歩んでくれるはずです。

添削でつかむ！
7つのメソッドで力がつく
俳句の極意

目次

第一章

基礎をおろそかにしない

俳句に学ぶ言葉の奥深さ

俳句は五七五のリズムが基本となります。必ずしも、きっちり五七五を守る必要はありません。あえて字余りにしたり、句またがりにしてリズムを崩すこともあります。ただ、松尾《まつお》芭蕉《ばしょう》の有名な言葉に「舌頭に千転せよ」（『去来抄《きょらいしょう》』）とあるように、口にして心地よいリズムであることを意識しましょう。

短くても、俳句を奥深い味わいにしているのは、「切れ」です。

古池や蛙《かわず》飛びこむ水の音　芭蕉

この有名な句は、「古池や」で切れています。「古池に蛙飛びこむ水の音」といったときと、意味の上では変わりはないのですが、「古池や」と切れていることで、「古池」という語が強調され、頭の中にしずまりかえった池のイメージが浮かびます。その後、蛙が飛びこんだ水の音が示され、「さっき出てきた『古池』に蛙は飛びこんだのか」「どんな姿で飛びこんだのだろう」「どんな音を立てたのだろう」と、さまざま想像をめぐらせながら、しみじみとこの句を味わうことになります。私たちがふだん接している文章は、上から順に意味を追っていきますが、これとは異なる「読む体験」といえるでしょう。

短い俳句では、一字一字が重い意味を持ちます。助詞の一字によっても、句の味わいは大きく変わります。

行く春や鳥啼《な》き魚の目は泪《なみだ》　芭蕉

『おくのほそ道』への旅立ちにあたり、見送りに来てくれた弟子たちへのはなむけとして詠《よ》まれた句です。別れを惜しんで、人ばかりでなく、鳥や魚も泣いてくれているようだ、というのです。常識的には「目に泪」となるところ、「目は泪」となっています。「目に泪」だと、目の端に少しだけ涙を浮かべている感じになり、「目は泪」だと、目がすべて涙で覆われている感じです。「目は泪」のほうが、悲しみの度合いが深いのです。

　現代社会では、膨大な量の情報に接します。テレビや新聞のマスメディアに加え、近年ではインターネットの世界にも、言葉はあふれています。その中で、五七五の俳句はもはや時代遅れであるようにも思えますが、俳句が逆に教えてくれることもあります。それは、意味を得る読書だけではなく、言葉そのものを味わう読書もあるということ。俳句名人たちの五七五の錬磨に、言葉というものの奥深さを感じてください。

五七五という俳句の型

五七五のどこに季語を入れるか、迷ったときには、過去の俳句のパターンを踏まえましょう。伝統的に受け継がれてきた俳句の型を身につけると、俳句らしい格調のある句に。ときには「型破り」をしたくなる遊び心も生まれるでしょう。

名人の推敲《すいこう》例　久保田万太郎《くぼたまんたろう》の場合

舞踊や武道にもあるように、俳句にも型があります。季語や切字《きれじ》の位置を、伝統的な型にあてはめると、いかにも俳句らしい句になります。

劇作家・小説家として文壇に君臨しつつ、俳人としても達人だった久保田万太郎は、この基本となる型を身につけていて、自分の言いたいことをさまざまな型にあてはめ、最適なものを探しました。

帯ときていでしつかれや蛍かご　（推敲前）

蛍狩りから帰り、着物の帯を解いた場面です。それまでは蛍を見た感動で気づかなかった疲労感が、衣を脱いだ瞬間に、どっと押し寄せてきたのです。谷崎潤一郎《たにざきじゅんいちろう》の『細雪《ささめゆき》』の姉妹たちの蛍狩りの場面を思い出させる、艶《つや》っぽい一句ですね。この句は、中七《なかしち》の「や」の切字によって切れを生み、下五《しもご》に五音の季語を置くという、伝統的な型で作られています。芭蕉の有名句〈草臥《くたび》れて宿借るころや藤の花〉も同じ型です。のちに万太郎は、

帯ときてつかれいでたる蛍かな　（推敲後）

と推敲しました。なぜ推敲したのか、小澤實《おざわみのる》氏は「『蛍かご』の『かご』が取り去られて、幻想の蛍になった」（『万太郎の一句』）と分析しています。つまり、幻想性を出すために、「蛍かご」から「蛍」にする必要があり、型を変えたわけです。三音の季語を最後に置き、「かな」の切字で締めくくるという、これもまた伝統的な型です。この型では、中七は用言の連体形にするのが基本です。芭蕉の〈さまざまの事思ひ出す桜かな〉と同じです。

俳句の場合、伝えたい内容だけではなく、言葉の組み立て方も重要です。季語をどこに置き、切れをどこに入れるか。藤田湘子《ふじたしょうし》は、俳句の型を四つに分類しました（藤田湘子『20週俳句入門』参照）。型を使いこなせるようになると、推敲の選択肢が広がります。

原句 虎が雨戻りし夫《つま》に風呂支度

作句意図……

虎御前の悲しみを想うと、夫が無事に帰宅することが奇跡のように思えて、夫に対して優しい気持ちになる。

北海道 菅澤律子

「虎が雨」は、旧暦五月二十八日に降る雨。曾我《そが》兄弟の仇討《あだう》ちの日で、曾我十郎祐成《すけなり》に愛された遊女の虎御前が、十郎の死を悼んで流す涙が雨になったと見立てたもの。物語性のある季語を暮らしに引きつけて、うまく詠みこなしています。上《かみ》五《ご》と下五がともに五音の名詞だと、いわゆる「山本山」の形。中七がどちらに掛かるのか一目でわかりにくく、俳句の型として落ち着きません。

添削例 虎が雨戻りし夫に風呂立つる

原句 秋桜義母の遺した桐簞笥《きりたんす》

作句意図……

三十二年間同居していた義母が亡くなってから十五年が経ちました。嫁入り道具を引き継いで大切に使わせてもらっています。

神奈川県 落合光代

季語は作者の心情を代弁します。「秋桜」の季語は、義母への感謝や、尊敬の念をじゅうぶんに伝えています。上五の「秋桜」と下五の「桐簞笥」が、ともに五音の名詞であるため、中七の「義母の遺した」が、どちらに掛かるのかわかりづらくなっています。上五は「コスモスや」とし、「遺した」は「遺しし」の文語に。「桐簞笥」の古めかしさを出すためにも文語が生きるでしょう。

添削例 コスモスや義母の遺しし桐簞笥

原句 大晦日《おおみそか》肴《さかな》は蟹《かに》の甲羅盛

作句意図……………………

今年の暮れは次男が蟹を一箱持ってきてくれて、身をほぐし甲羅に盛りつけ、にぎやかにいただきました。

北海道　杉山忠和

「肴は蟹の甲羅盛」は気風《きっぷ》のよい、胸のすくような表現ですね。「肴は」とあるので、お酒もいただいているのだと想像できます。酒と蟹で年を越すというのがいかにも北の国らしくて味わい深いです。上五が「大晦日」、下五が「甲羅盛」、ともに五音の名詞なので、中七がどっちつかずになってしまいます。「大晦日」を同じ意味である「大歳《おおどし》」や「年の夜《よ》」などの別の語に言い替えましょう。

添削例 大歳や肴は蟹の甲羅盛

原句 補聴器をつけてたんぽぽくつがなる

作句意図……………………

子供に買ってもらった最新型の補聴器。散歩する足音まで聞こえます。心はうきうきとして鼻歌も出ます。

長野県　松澤　功

春らしい気分にあふれた一句です。惜しまれるのは、「たんぽぽ」の季語が間にはさまれ、意味が通りにくくなっていること。補聴器を付けたら靴音が聞こえるようになったということを「補聴器に靴音聞こえ」とまとめて表現してはどうでしょう。下五は「たんぽぽ」の別名「鼓草《つづみぐさ》」で。鼓の音と靴の音が理屈を超えて重なってきて、春のうきうきした気分もより引き立つと思います。

添削例 補聴器に靴音聞こえ鼓草

原句 満員の車内背伸びし冬の富士

作句意図……満員電車の中からでも、少しでも富士山の姿を見て元気が欲しくて、背伸びしたときのことを詠みました。

東京都　岸　来夢

満員電車の苦しさの中、せめて富士の姿に清涼感を得たいという気持ちは多くの共感を呼ぶでしょう。「背伸びし」のあとにすぐ「冬の富士」が来ると、富士が背伸びしているように解されてしまうかもしれません。「背伸びして」を上五に持ってくると、うまくおさまります。「冬の富士」は「雪の富士」にすると、真っ白な富士の姿が浮かび、目にしたときの清涼感が、より高まるでしょう。

添削例 背伸びして満員電車雪の富士

原句 菜の花やジョギング止めて摘み帰り

作句意図……寒さが緩んだ日、久し振りに川の土手に出てみた。菜の花がエールを送っているような気がした。

広島県　池本ヒサ子

「摘み帰り」は、「菜の花」のはればれとした明るさを持ち帰りたいというニュアンスも掛けられているのでしょう。句の意味としては「菜の花」を「摘み帰り」ということですが、ふたつの言葉が離れているので、少しわかりづらくなっています。「や」の切字がここにあると、句が分断されてしまうので、言葉を整理して、スムーズに意味をとれるようにしたいところ。

添削例 菜の花を摘みてジョギング帰りかな

原句 コロナ禍の水仙こぞってラッパ吹く

作句意図

自粛生活で悶々《もんもん》としている中、庭の水仙が咲き始めました。黄色のラッパ水仙も首をもたげて咲き揃《そろ》いました。励まされ、元気をもらった気がして詠みました。

三重県　中島久子

「コロナ禍」の句は、鬱々《うつうつ》としたものが多くなりますが、この句ではラッパ水仙が集まって咲いているさまを詠んで、句が単調にならないようにしています。ラッパ水仙の名前をうまく生かしていますね。中七が八音で、字余りになっています。「水仙こぞって」を「水仙こぞり」と七音にして、定型にしっかりおさめましょう。

添削例 コロナ禍の水仙こぞりラッパ吹く

原句 奥久慈《おくくじ》の枯野は果てず一両車

作句意図

奥久慈を走るローカル水郡《すいぐん》線は、枯野がずっと続きます。

茨城県　舘　健一郎

広大な枯野が見えてきます。「奥久慈や」という上五にすると、諧調《かいちょう》が際立ちます。これにさらに「枯野は果てず」とすると調べが硬くなりすぎるので、「果てぬ枯野を」とやや柔らかめのフレーズに。

添削例 奥久慈や果てぬ枯野を一両車

助詞の選び方

助詞をひとつ変えるだけで、句の味わいががらりと変わることがあります。伝えたい内容に合わせた助詞の使い方を基本として、同じ助詞が続いて単調なときには変化を加えたりといった工夫も忘れずに。

名人の添削例　飯田《いいだ》蛇笏《だこつ》の場合

静岡三島《みしま》の龍澤寺《りゅうたくじ》の住職・中川宋淵《なかがわそうえん》は、高名な禅僧であり、俳人でもありました。彼が蛇笏に入門したのは、大学卒業の年。甲斐《かい》境川《さかいがわ》村の蛇笏の住居「山廬《さんろ》」を訪れ、入門を願い出ます。そのときに、自分でいちばん気に入っている作品を見せてみなさいと言われて、次の一句を示しました。

秋晴れや火口へ落つる砂の音　中川宋淵（添削前）

蛇笏の住まいを訪れる直前、富士山頂でひとり座禅を組み、得られた句です。砂がさらさらとおのずから火口へ落ちるかすかな音を捉《とら》えて、秋晴れの澄んだ静けさが感じられます。私などは、このままでも素晴らしい句だなあと思うのですが、蛇笏は即座に、「その句は、火口へ、ではいけない。火口を、としなさい」と助言し、宋淵は深く感じ入ったそうです。

秋晴れや火口を落つる砂の音　（添削後）

このアドバイスについて蛇笏の息子・龍《りゅう》太《た》は「『へ』では淡々とした描写になりますが、『を』となると、砂と一体になって作者の身も心も落ちていくような、一句の迫力がぐんと深まるように思われます」と評しています。付け加えるなら、「火口へ」は砂の動きに集中する描き方、「火口を」だと山の全体を捉える感じです。よりおおらかな句になったといえるでしょう。

内容はほとんど同じことを言っているのですが、助詞の一字で、句の「格」というものが、グンとあがりますね。

原句 紅葉《もみじ》へと溶込むやうに列車入る

作句意図

箱根《はこね》登山鉄道の写真を見て作りました。紅葉の山の中へ列車が溶けていくかのように進んでいくと感じたのです。

神奈川県 石﨑京子

紅葉の山へ入っていく列車を「溶込む」と捉えた感性の瑞々《みずみず》しさに惹《ひ》かれます。「へと」と助詞を二つ重ねると、一句の調べが緩みます。助詞は省けるようなら省いたほうが、引き締まった印象になります。ここでは、「紅葉の山の中へ」という作句意図の文章を生かして、上五に「紅葉山」と置きましょう。助詞は無くても、紅葉山に溶け込んでいったのだという内容は伝わります。

添削例 紅葉山溶け込むやうに列車入る

原句 遠来の客春泥を払いつつ

作句意図

暖冬続きの松江《まつえ》に十五センチの降雪があった。その時東京から夫の墓参に来てくれたのは、四十年前仲人をした女性とその娘。

島根県 吉田トキ江

「遠来の客」が、どれほどの悪路を押して来てくれたのか。具体的な動作を通して表そうとしているところがよかったです。「春泥」は、雪解けの水によって生まれた泥ですので「春泥を拭《ぬぐ》いつつ」とすると、靴についた春泥を布か何かで拭っている眺めを詠んだことになります。意味が通じる場合には助詞を省くと句が引き締まりますので、「遠来の客や」として助詞の「を」を取りました。

添削例 遠来の客や春泥拭いつつ

原句 **鰤《ぶり》あらを甘く煮つけて月を待つ**

作句意図……

月が大好きです。月が雲に隠れていると、夕食の支度をしながら、何度も玄関の外へ出て姿が見えないか確かめます。「鰤あら」は季語になるのか、「鰤のあら」が正解でしょうか？

愛知県 三橋典子

庶民的な鰤のあら煮で月を祀《まつ》るという、自然体に惹かれました。「鰤あら」でも季語になるでしょうが、この句の季語はあくまで「月」。「鰤のあら」と言ったほうが通りはよいでしょう。もう一点。「月を待つ」は助詞を省略して「月待てる」としたほうがよいでしょう。「てにをは」は、できるだけ省略したほうが引き締まった句になります。

添削例 **鰤のあら甘く煮つけて月待てる**

原句 **春灯下牛乳求めコンビニに**

作句意図……

牛乳を前日使ってしまっていて、早朝、近くのコンビニに買いに行った時の状況です。今までなら寒いし暗いし、行く気持ちにならないけれど、春の気配に気分が乗っていました。

島根県 三好やよ江

ことさら遠出をしなくても、ふだんの生活の中で、季節感に向き合い、俳句を作ることができるということを、この句は教えてくれていますね。「求め」よりも「買い」のほうが日常的で、この句には合っていると思います。「牛乳買いに」として、それに合わせて「コンビニに」は「コンビニへ」としました。

添削例 **春灯下牛乳買いにコンビニへ**

原句 万緑や頂上に自由民権碑

作句意図

古里の小さな町を一望できる石尊山《せきそんやま》という山があり、その頂上には、明治の自由民権運動を主導した河《こう》野《の》広中《ひろなか》らの活動を記念した「自由民権碑」が建立されています。山が緑で覆われた時に、しばらくぶりに登ってみました。

福島県 吉田丈夫

「万緑」の季語が、自由民権運動盛んなる明治の活気を感じさせていますね。中七が字余りになっていて、調べが緩んでいるのが気になりました。「頂上に」の「に」の助詞は省略できます。ぱりっとした調べに直すと、古人を讃《たた》えるにふさわしい句となるでしょう。

添削例 万緑の頂上自由民権碑

原句 梅雨《つゆ》じめり声は明るき友の病む

作句意図

しばらく会わない友が、具合が悪いと聞き、驚きました。明るくしないで、愚痴をこぼせばよいのに。下五の文法が自信ありません。

石川県 北 公子

病にもかかわらず、声が明るいというのが切ないですね。無理をして、何でもないようにふるまっているのでしょう。下五は文法的に間違いではありませんが、助詞を省略すると韻律が引き締まるので、「友病める」としました。また、「声は明るき」だと、少し説明的な印象があります。「声を明るく」として、いままさに目の前に友がいて、しゃべっているという場面にしました。

添削例 梅雨じめり声を明るく友病める

原句 裸木《はだかぎ》は動かぬ雲と対峙《たいじ》して

作句意図

裸木は好きな季語です。先日、面白い雲が現れました。いつまでたっても風景が変わりません。助詞と下五が適切かどうか。

香川県 宝田文子

「動かぬ雲」が、冬の重苦しい雲を言い当てていますね。並列の助詞「と」を用いて「裸木と動かぬ雲と」としてみると、木と雲とが武蔵《むさし》と小次郎《こじろう》のように互いに譲らず向き合っているような緊迫感が出ます。下五は「対峙して」だとこの先も続くような印象があるので、「対峙せり」ときっぱり言い切りましょう。調べが引き締まり、裸木の凜《りん》としたたたずまいも見えてきます。

添削例 裸木と動かぬ雲と対峙せり

原句 母の味たどり着きたる雑煮《ぞうに》かな

作句意図

結婚して三十年。母がこだわっていた、雑煮の味に近づいてきたように思います。

大阪府 井上浩世

「たどり着きたる」の表現に、試行錯誤したこれまでの苦労が思われ、母への敬意もこめられています。「母の味にたどり着きたる」と言いたいところ。字余りになりますが、やはり「てにをは」の助詞は俳句の要。意味が通りにくいときには適切に入れましょう。「雑煮祝ふ」という季語もあるので、それを使った添削例も示します。

添削例 母の味にたどり着きたる雑煮かな

添削例 雑煮祝ふたどり着きたる母の味

切れを大切に

俳句の初歩であり、奥義でもある「切れ」。だらだらと説明的にならないために、句の中で意味の切れ目を作ることは、重要です。切り方にもさまざまありますので、先人の名句秀句も参考に、じっくり学んでいきましょう。

名人の添削例　石田《いしだ》波郷《はきょう》の場合

「短い散文で何が言へるか」（「韻文韻文」、「俳句研究」昭和十八年九月号）という石田波郷の言葉は、意味を伝えようとしてだらだらと長たらしく、抑揚の感じられない俳句に対する不満から発せられたものでした。小説などの散文とは異なり、俳句はリズムを重んじる韻文です。波郷は、切れ味鋭い名句を多く残しました。そんな波郷の添削例は、担当していた雑誌の俳句欄に投稿されてきた作品への評です（「主婦と生活」昭和四十二年四月号）。

喪の家に喪に服さざる桃が咲く

（添削前）

波郷はまず、喪の家に咲いている花として、桃の花はやや華麗すぎると感じたようです。そこで、

喪の家にふぶきて白し雪柳　（添削後）

といったように雪柳ぐらいにしておくのが無難だと述べています。ですが、それは感覚的なものなので、「桃の花」でもかまわないと言っています。それ以上に問題なのは、「喪に服さざる」の部分です。波郷は「喪に服さざる」としたことで「つじつまはあひましたが、へたな手品のタネ明かしのやうに興味のぬけた句になつてしまひました」と言っています。原句では「喪に服している家にもかかわらず華麗な桃の花が咲いている」という作者の意図が、見えすぎてしまうのです。そこを説明しないで、途中に切れを入れることで、「喪の家に白くふぶいてみえるものがある、それは雪柳の花である」というように余白の豊かな表現になっています（ここでは「白し」が切字の役割をしています）。

　ふたつのものの関係性を説明したり、理屈で結びつけたりしないで、それぞれ分けて表現することを意識しましょう。

原句

深雪晴《みゆきばれ》癌《がん》克服の便りかな

作句意図

東京の友人より、「脳梗塞《こうそく》から六年、食道癌六ヶ月、生還しました」とハガキが来ました。窓の外は朝からの雪があがり、晴天です。

北海道　杉山忠和

季語の「深雪晴」に不安が晴れた作者の胸中が託されています。友人の回復を喜ぶ気持ちをもっと出すために、調べを整えましょう。切字の「かな」は、一句を安定させますが、この場合は、もっと高らかに喜びを表したほうが適しているのではないでしょうか。「癌克服の便りかな」を「癌克服と便りあり」としてみると、語勢が強くなり、その分、友人への祝福と激励の意がはっきりします。

添削例

深雪晴癌克服と便りあり

原句

大根《だいこ》引《ひ》き九十婆や九十本

作句意図

私の友人であり大先輩に、九十歳のおばあちゃんがいます。今日も大根を九十本引き抜き、洗い、そして吊《つ》るしたそうです。十日位経ったら桶《おけ》に漬けるんだと、張りきっています。

千葉県　石塚一男

大根九十本は、すごい！「九十」を重ねたことで、長寿を願う、めでたい句になりましたね。せっかく並置したので、「九十婆」と「九十本」の間に「や」の切字を入れて、切り離さないほうがよいでしょう。「九十婆」「九十本」をぴったりと並べて、最後に「大根引き」を入れてみました。

添削例

九十婆九十本や大根引き

原句 雨降りて眉《まゆ》重くみる紫蘭《しらん》かな

東京都 加藤良子

作句意図……雨が降って、せっかくきれいに咲いている庭の紫蘭が、しぼみそうになっている。見ていると、眉が重くなる思いがした。

雨の紫蘭を見て、眉が重くなるという感覚はとても詩的で、惹かれます。「眉重くみる」がやや説明的な印象なので、中七で切れを入れたいところ。「重たき」と連体形で軽く切って、最後に「かな」の切字を置くのは、伝統的な俳句の型です。こうすると、どことなく紫蘭を人の眉に譬《たと》えているようでもあり、味わいが深まります。

添削例 雨降りて眉の重たき紫蘭かな

原句 サイネリア傾《かし》ぎたるまま花あふれ

和歌山県 初山紀子

作句意図……高校での苗木市。担当の先生が、軸は折れているが根元に土をたっぷり入れてやると傾いたまま咲きだすと教えてくれた。

傾いだままにサイネリアが花を咲かせているというのは、美しい花の逞《たくま》しさを感じさせて、意外性がありました。叙し方にひねりがあると、より俳句らしくなります。添削例では、「傾ぎたるサイネリア」のあとに、軽い切れがあると思ってください。「傾いでるサイネリアがある」「そのサイネリアには花があふれている」という二部構成になるわけです。

添削例 傾ぎたるサイネリア花あふれけり

原句 絵筆取る少女一人の冬ベンチ

作句意図……公園で、少女が一人絵を描いている姿が目に飛び込んできました。冬の日も少し傾きかけていました。その光景を一句にしました。

福岡県 加藤友子

感情的な言葉はいっさい使っていないにもかかわらず、この「少女」の内面を、読者は想像できます。淋《さび》しいのか、絵に熱中していて無心なのか。「冬ベンチ」は無理のある表現ですので、「冬の園」としましょう。草木の枯れた公園を見せることで、「一人」が際立ちます。それに合わせて、中七も「や」の切字でしっかり切りたいところ。切字を入れることを躊躇《ためら》わないでください。

添削例 絵筆取る少女一人や冬の園

原句 さば缶のレシピ検索炬燵《こたつ》かな

作句意図……話題になっていた「さば缶」を使った料理をパソコンで調べたときの感想です。

新潟県 外門 忠

一句の最後を「かな」止めにする場合には中七は活用語の連体形にするのが原則です。〈ゆさゆさと大枝揺るる桜かな 村上《むらかみ》鬼城《きじょう》〉たとえばこの句の場合、中七が「揺る」という動詞の連体形「揺るる」で桜に接続していて、句の調べに停滞感がありません。原句の場合、名詞で中七が終わっているので、「かな」の座りが悪いのです。こういう場合には無理に「かな」止めにはしないで、下五は「置炬燵」などとして音数を調整しましょう。

添削例 さば缶のレシピ検索置炬燵

原句 もてなしは小鉢に刻む庭の紫蘇《しそ》

作句意図

友が来ても一人居では何もなく、暑いので昼に素《そう》麺《めん》を茹《ゆ》で、きゅうりもみに庭から摘んできた紫蘇を刻んで入れ、またつゆにも。

埼玉県 佐藤 都

「庭の紫蘇」を使ったお料理を出したというのは、慎ましく、心のこもったおもてなしですね。読んでみたときに一本調子なのが気になりました。どこかに切れがほしいですね。切れを作るのに、切字を使うのはとても有効な手段。古臭くなるという意見もありますが、私は切字はどんどん使っていこうという立場です。添削例では、代表的な切字のひとつ「や」を使って、言葉を整えました。

添削例 もてなしの小鉢や庭の紫蘇刻む

原句 青田波村で見れずに四半世紀

作句意図

ここのところ村のたんぼは宅地になったり、ほったらかしだったりと田植えも見ることがなくなりました。米がどのようにできるのか、子供たちの勉強の場でもあったのです。

青森県 畑山則子

あんなに青々と波打っていた田んぼが、荒れてしまったとは悲しいものです。深刻な問題を、短い音数で、端的に伝えています。句としては少し説明的な文体なので、すっきりさせましょう。切れを入れるとすっきりすることが多いです。「青田波」とあれば「村」は要らないので削り、「失せたり」と言い切って、ここで切れを入れましょう。

添削例 青田波失せたり四半世紀経つ

原句 駅ごとに長き停車の夏の旅

作句意図……飯田《いいだ》線で信州・伊那《いな》に行きました。酷暑を逃れ、本当にほっとした旅でした。

東京都 北原昌子

JR飯田線は、愛知の豊橋《とよはし》駅と長野の辰野《たつの》駅を結ぶ路線。険しい山々を越えていき、途中には秘境といわれる駅も。「駅ごとに長き停車」の間には、車外の風景を眺めているのでしょう。旅情のある一句です。山々を縫っていく飯田線の旅であることを生かしたいですね。「〜停車や」といったん切って、季語を「夏の山」にすることで、背景の木々の深い緑が見え、蟬《せみ》の声まで聞こえてくる句になるでしょう。

添削例 駅ごとに長き停車や夏の山

原句 触れそうで触れない落葉はらはらと

作句意図……公園を歩いていた時、落葉が私のすぐ近くをかすめました。

神奈川県 中山理映子

繊細な感覚の一句です。「触れようとしているのに触れられない」というニュアンスを入れてみると、より句に情がこもるように思われます。そこで「触れられなくて」というフレーズにしてみました。「はらはら」は落葉のオノマトペとしては常套《じょうとう》的でしたので削り、「かな」止めにしました。「かな」の止め方が型どおりで避けたいという場合には、落葉のさまを表す独創的なオノマトペを最後に入れるとよいでしょう。

添削例 触れそうで触れられなくて落葉かな

原句 褞袍《どてら》着て父は孤独と対峙かな

作句意図……無口だった一人居の父が逝って三十数年、冬になると褞袍を着た父の後姿を思い出す。まるで孤独と対峙するような。

大阪府　兼松兵衛

「孤独と対峙」のフレーズが生きるかどうかは、季語次第ですが、滑稽味《こっけいみ》のある「褞袍」は、句の言葉が強《こわ》ばってしまうのを防いでいる、いい塩梅《あんばい》の季語といえるでしょう。気になったのは、「かな」の使い方。孤独に負けまいとする父の強靭《きょうじん》な精神の感じられる内容に対して、落ち着きのある「かな」止めはそぐわないと思います。父の心中を慮《おもんぱか》るような、問いかけの文体にしてみます。

添削例 褞袍着て孤独と対峙せる父か

原句 富士山の柄の背中に夏の雨

作句意図……前を歩く人のTシャツに雨があたり、「富士山も雨かな」と思ったことを書きました。

埼玉県　渡部澄子

イラストの富士山と本物の富士山とが、二重写しになっていく展開に、不思議な魅力がありますね。Tシャツの柄であるということを明示して、読者にイメージが湧《わ》きやすいようにしましょう。「背中に夏の雨」とつなげてしまうのではなく、微妙な面白さを出すために、中七は体言止めにして、しっかりと切れを入れたいと思います。

添削例 Tシャツの柄に富士山夏の雨

原句 復元の梅の香つつむ大手門

作句意図……水戸《みと》城の大手門が復元され、弘道館の梅が見頃です。すばらしい木材の、威風堂々の大手門です。

茨城県 齋藤由子

伝統ある「梅の香」の詩語と取り合わせたことで、大手門の風格が出ました。「復元の」と「大手門」の位置が離れていて、何が復元されたのかわかりにくいので、「復元済みし大手門」としましょう。また「つつむ」で、「梅の香」と「大手門」を結びつけてしまうと、句のスケールが小さくなってしまいます。ここは、切字「や」の働きで、「梅の香」と「大手門」とを切り離したいところ。

添削例 梅の香や復元済みし大手門

原句 半世紀や妻の雛軸《ひなじく》いきいきと

作句意図……五十年前に妻が持ってきた雛様の掛軸を久しぶりで飾り、色あせもなく生き生きしているのを見て、思わず詠んでみました。

富山県 横沢秀典

半世紀ぶりの雛軸というと、古びているに違いないと思わせて、まったく色あせていないという展開に意外性がありました。「半世紀や」の「や」は不要なので取りましょう。「雛軸いきいきと」だと、雛軸がどういう状態なのか、読者は実感しにくいので、作句意図の文章にある「色あせもなく」という言葉を用い、「あせず」の否定形で句末をはっきりと切りました。

添削例 半世紀妻の雛軸色あせず

原句

磯菜摘みニライカナイへ思い馳《は》せ

作句意図……

石蓴《あおさ》採りに数名で出かけた折、屈んでいた腰を伸ばし、理想郷を思いました。

沖縄県　山川盛政

沖縄や奄美《あまみ》地方に伝わるニライカナイの言い伝え。観念に終わらせず、「磯菜摘み」の労働と結び合わせたことで、伝説が真実味を帯びました。「思い馳せ」と連用形で終わると、上五の「磯菜摘み」につながる構造になり、切れがありません。一句の中に切れを作り、「ニライカナイ」と「磯菜摘み」を離してみると、かえって両者の関係性が深まります。作句意図の文章にあった「はるか」という言葉を生かしてみました。

添削例

はるかなるニライカナイや磯菜摘み

原句

昨夜《よべ》の雨幹くろぐろと桜かな

作句意図……

静岡県河津《かわづ》町の一本桜を見にいきました。前夜は雨。幹が水分を含み、黒々として、花の色が一層あざやかでした。

香川県　宝田文子

桜といえば花に目がいく人がほとんどでしょう。ここでは、あえて幹という目立たないものを詠んだのが手柄です。雨で濡《ぬ》れていて、それゆえに花の色が引き立つという観察眼も確かですね。上五の「昨夜の雨」の体言止めで句の流れがいったん切れてしまうので、最後の「かな」があまり効きません。「かな」に向けて、言葉をつなげたほうがよいでしょう。

添削例

昨夜降りし幹くろぐろと桜かな

原句 福寿草日のさす庭や雀《すずめ》らも

作句意図……庭の隅に二輪の福寿草が咲きました。雀も福寿草の近くに遊びに来ていました。　千葉県　長岡勝子

日の差す庭、福寿草、雀といった材料はしっかり揃えられています。それらの材料をどうまとめるかが課題でしょう。大事なのは、材料と材料をしっかり分けて表現すること、つまり切れを入れることです。「雀らも」の「も」の指すものが曖昧《あいまい》なので、これを取り、雀は雀、福寿草は福寿草と、分けて表現しましょう。切れをはっきりさせたのが添削例ですが、これでも、福寿草にも日が差していることは読者に感じ取れるはずです。

添削例 雀らに日の差す庭や福寿草

原句 忘れられ松風ばかり夏帽子

作句意図……夏帽子が柵にぶらさがっていました。しばらくそのまま。松風が吹くばかりでした。　宮城県　米内君子

道ばたに何かが忘れられているという内容の句は多いのですが、この句ではそのあとに「松風」が吹いているというのが新しみです。有名な能の「松風」も、どこか響いているようです。劇中では、恋しい在原行平《ありわらのゆきひら》の狩衣《かりぎぬ》と烏帽子《えぼし》をつけて舞う、松風。この「松風」という言葉をもっと目立たせてはどうでしょうか。添削例では上五に切字「や」とともに置きました。切字は、その上にある言葉を、注目させる働きがあります。

添削例 松風や忘れられたる夏帽子

原句 ほんのりと猪口《ちょこ》に寒紅遷《うつ》しをり

作句意図……ゆったりと刀自《とじ》が日本酒を楽しんでいる。顔がほんのりと赤みがさし、猪口にも寒紅が遷されている。

東京都　草刈幸風

猪口に寒紅を「遷す」という表現に艶がありますね。補助動詞「をり」には、その状態が続いているという意味がありますので、この内容には適しません。添削例では、「をり」を取り、寒紅がついた猪口の存在感を強調するよう、最後に「お猪口かな」と持ってくる形を考えてみました。

添削例 寒紅をほんのり遷すお猪口かな

原句 新米やむすび頬張《ほおば》る子の笑顔

作句意図……茨城《いばらき》の新米は美味。そのことを孫がむすびを食べている姿に託して詠んでみた。

茨城県　山下和夫

新米という季語を通して、子供のいる家庭の賑《にぎ》やかさが詠まれています。「新米や」と切字の「や」で切るのではなく、「新米の」として切れ目なく続けることで、ほのぼのとした一句の内容に合うでしょう。切ることを原則に、ときにはあえて切らない選択肢も考えたいもの。また、「子の笑顔」を、添削例では「子の笑窪《えくぼ》」としました。その子の個性が出てくるよう、じっくりと観察して、しっかりと描写することです。

添削例 新米のむすび頬張る子の笑窪

説明をしない

俳句についてのマイナスの評価である「説明的」「散文的」。伝えたいことを説明するのであれば、散文のほうが適しています。韻文である俳句は、歯切れよく、十七音で堂々と屹立《きつりつ》した、風格あるたたずまいを目指したいところ。

名人の添削例　高浜虚子《たかはまきょし》の場合

虚子が、嫁入りした娘の高木晴子《たかぎはるこ》に会いに金沢にやってきたときのこと。弟子の杉原《すぎはら》竹女《ちくじょ》の豪邸で、句座が開かれました。句会にはせ参じた石川星水女《いしかわせいすいじょ》は、広い座敷に男衆が三人がかりで敷き詰めた籐筵《とうむしろ》に興をそそられ、

籐筵敷きて加賀《かが》振り夏座敷　石川星水女（添削前）

と詠みます。うまい写生句ができたと作者も納得、句会でもそこそこ点が入ったようです。翌日、帰京の虚子を見送った帰り、金沢駅前の喫茶店で、晴子は星水女に虚子の言

葉を伝えてくれます。地元の人には見慣れた籐筵をあえて題材にしたのは、転勤で金沢に来た星水女ならではの着眼点で、「目の付けどころがいい」とほめていた。しかし、不満なところもあったようです。

籐筵なども加賀ぶり夏座敷　（添削後）

このような句にすれば、「父さんは特選にえらんだよ」と言うのです。『敷いて』は説明になる」と、この添削の見事さに感動した星水女は、回想しています（石川星水女「幻の虚子選」、『高浜虚子の世界』所収）。

「籐筵敷きて加賀振り」は、極端に言えば「強風に看板倒れ」などといったのと同じ、事実報告です。「籐筵なども加賀ぶり」と言ったことで、籐筵ばかりではなく家の中の他の調度品や、窓からの眺めまで、さまざまのものも「加賀ぶり」であるという、広がりのある表現になっていますね。状況を説明した句よりも、ある物を出してその背景を感じさせた句のほうがよいのです。

名人の添削例　飴山實《あめやまみのる》の場合

俳句は「韻文」です。五七五というリズムを持っています。私たちがふだん話したり書いたりしているのが「散文」です。こちらはリズムに縛られていません。私たちは「散文」に慣れているので、つい俳句を作るときにも「散文」ふうに書いてしまいます。韻文と散文の違いについて、次の添削を参考に考えてみましょう。

飴山は自分の結社を持たない人でしたが、長谷川櫂《はせがわかい》氏は、その作品世界の深さに惹かれて入門します。遠方に住んでいた飴山のもとに個人的に俳句を送り、選を受けるというやりとりを続けていた中で、

穴子裂いて大吟醸を冷やしある　長谷川櫂（添削前）

という句が、

（添削後）

穴子裂く大吟醸は冷やしあり

と添削されて戻って来たそうです（長谷川櫂『俳句的生活』）。はじめは「なぜ、こう直すのだろうという疑問と不満が抜けきれ」なかったとのこと。穴子を裂いて、白焼きにして、冷やした大吟醸で一杯傾ける。そうした内容は、添削前のほうがむしろ読み取りやすいといえるでしょう。

しかし、のちに長谷川氏はこの添削の見事さに感心します。氏によれば「傍観者のよそごとの句が友人に対するもてなしの句に変容している」。つまり、添削前だと、穴子や酒の用意をしているというだけの説明ですが、添削後には、まるで自分が来客のために用意しているように思えます。

私たちがふだんからなじんでいる散文は、正確に伝わることが何より大切ですが、韻文はむしろ少しわかりにくくギクシャクした言葉のほうが魅力的なのです。「穴子裂く」「冷やしあり」の見得を切るような言い切りの口調が、言葉はこんなふうにも使えるのだという新鮮な感動を読者に与えます。

原句 雨月となり蕎麦《そば》屋に入る宿の下駄

島根県　松嶋栄子

作句意図……季語としての雨月と、私自身の状況や心情の雨月が違うように思うのです。

「雨月」は雨で名月が見えないこと。名月を見られないことを惜しむ気持ちが、本意（伝統的な意味）といっていいでしょう。しかし、本意に従う必要はありません。本意をずらしたり、あるいは逆らったりを繰り返して、先人たちは季語を生きた言葉として使ってきたのです。この句の場合、積極的に楽しもうとする気持ちが前面に出ているのが面白いと思います。「雨月となり」がいささか理屈っぽいので、俳句らしい文体にしてみました。

添削例 宿下駄で蕎麦屋に入るや雨の月

原句 郭公《かっこう》の高音くぐもる二度寝かな

長野県　廣瀬功雄

作句意図……目覚めたとき郭公が鳴いていたのですが、また眠ってしまいました。

高原の涼しい朝を想像します。「二度寝」という俗っぽい言葉を、うまく生かしていますね。「どうして郭公の声がくぐもったのか？」「それは二度寝してしまったから」と、このままだと落語のオチのようになってしまって、意外性に乏しいようです。郭公の鳴くあまりに気持ちのよい朝に、二度寝してしまった、としてはどうでしょう。つまり、くぐもるのではなく、逆に、高らかに響き渡ったとするわけです。

添削例 郭公の高音ひびきて二度寝かな

原句 好不況われ関せずと鳥渡る

作句意図……生活的には大変な時代ですが、鳥たちは人間社会とは関係なく南へ渡っていく。その姿が楽しく、勇気を与えてくれます。

福岡県　志鶴冨生

世の中の金のめぐりを、日々追っている人間たち。比べて、鳥たちはもっと純粋に命を燃やしている、と思えますよね。人の世界と鳥の世界をともに詠み込んだところに工夫があります。「われ関せず」とすると、意図が見えすぎるように思いました。対比することによる理屈っぽさを少しでも減じさせるために、リズムをよくしたいところ。

添削例 人の世の好況不況鳥渡る

原句 ランナーの汗飛びちれば草の風

作句意図……河原ではたくさんのランナーが走っています。すれ違うとき夏草が揺れ、風が伝わってきます。

宮城県　米内君子

ランナーの飛び散る汗と、草を吹き抜けていく風。ふたつの題材を巧みに組み合わせ、爽快《そうかい》な風景を作り出しています。「飛びちれば」とすると、因果関係を説明するようで、理屈っぽくなります。「飛びちりて」くらいで、「草の風」を「草を風」とすると、風の一瞬の動きがより迫ってくるでしょう。

添削例 ランナーの汗飛びちりて草を風

原句 古酒に酔ひ饒舌《じょうぜつ》となる老ひし夫《つま》

作句意図……囲碁の好きな夫はよく仲間を招いて囲碁をします。その後、酒を飲みながら囲碁談義で盛り上がるのが常です。

愛知県　矢田紀代子

「新酒」ではなく「古酒」というところに、つつましい「夫」の生きざまを思います。「老ひし夫」は、正しい仮名遣いは「老いし夫」。「老ゆ」はヤ行で活用するので連用形は「老い」です（187ページ参照）。「酔ひ」「饒舌となる」という流れがいささか理屈っぽいので、語順を入れ替え、「となる」は省略してしまいましょう。

添削例 古酒に酔ひ老いたる夫の饒舌に

原句 百足虫《むかで》出るらし庫裏《くり》に徳用殺虫剤

作句意図……山深い地の小さなお寺。その庫裏に大きな殺虫剤が置かれている。もっと美しい言葉の表現ができないものでしょうか。

三重県　堀田房子

「徳用殺虫剤」という生活感あるものを「庫裏」に見つけたところが眼目です。理屈が入ってしまうと、詩趣が逃げてしまいます。「百足虫」を出すと、「徳用殺虫剤は百足虫が出るから備えられているのだ」という理屈が感じられてしまいます。季語は虫とは別のものにしましょう。添削例では「月涼し」という美しい季語を置いて、俗っぽい「徳用殺虫剤」との落差を狙《ねら》いました。

添削例 月涼し庫裏に徳用殺虫剤

第二章

感情を「もの」に託す

合言葉は「姿先情後」

嬉《うれ》しい、さびしい、なつかしい……私たちを訪れるさまざまな感情は、俳句のタネです。しかし、俳句はなるべく感情を表に表さないほうがよいとされます。松尾芭蕉《まつおばしょう》の弟子だった各務支考《かがみしこう》という人は、わかりやすいキャッチコピーを作りました。「姿先情後」です。

発句《ほっく》は屏風《びょうぶ》の画と思ふべし。己が句を作りて、目を閉、画に準らへて見るべし。死活おのづからあらはるるものなり。此ゆゑは、俳諧《はいかい》は姿を先にして心を後にするとなり。

（支考『芭蕉翁二十五箇条』「発句像やうの事」）

支考は、俳句というのは絵に似ていると指摘します。句の情景が、はっきりと心の中に浮かんでくる句がよい、と言うのです。「姿を先にして心を後にする」というのは、姿（情景）が浮かべば、心（作者の思い）も伝わるので、まずは情景を伝えるべきだということ。「姿」というのは、自然の風景に限りません。人間を対象にするときも、それをひとつの風景のように詠《よ》めばよいのです。支考が「姿先情後」の具体的な例としてあげているのは、

粽《ちまき》ゆふ片手にはさむ額髪　芭蕉

という師・芭蕉の句です。端午《たんご》の節句、垂れてくる髪を片手ではさんでどけながら、一心に粽を結っている女性を詠んだものです。髪を片手ではさんでいるという描写が細かいので、心にはっきり女性の姿が浮かんできますね。そうすると、その女性に対して「ひたむきだ」とか「可憐《かれん》だ」と感じた、作者の内面もありありと伝わってくるのです。

たとえば庭の木の花が咲いて嬉しいということを伝えたかったら、嬉しいとは言わず、花そのものを丁寧に描けばよいのです。それでじゅうぶん、読者には作者の喜びが伝わります。感情を「もの」に託すというのは、そういうことです。

感情表現を使う場合には、意外性のある使い方をするとよいでしょう。

水中花咲かせしまひし淋《さび》しさよ　久《く》保《ぼ》田《た》万《まん》太郎《たろう》

水中花は、水に入れると花のように開く玩具の一種。見た目が涼しげなので、夏の季語になっています。ふつうであれば、水中花を咲かせて楽しい気分になるはずが、実際に咲かせてみると、むしろ淋しさを覚えた、という展開に意外性があります。所詮《しょせん》はにせものの花であることの哀れにはたと思い至ったのでしょう。このように、常識を破って物の本質を捉《とら》えた感情表現は、有効なのです。

思いの表し方

俳句は「即物具象の詩」といわれます。あれもこれも詠み込もうとしないで、ひとつのものに絞ること。そして、その絞ったものを、しっかりと描写すること。絵を描くことや、写真を撮《と》ることと、俳句を詠むことは通じています。

名人の推敲《すいこう》例　加藤楸邨《かとうしゅうそん》の場合

加藤楸邨は戦時中、大本営報道部の嘱託により、中国各地へ従軍の旅をしました。それゆえに、戦後は戦争協力者として非難されることになります。空襲により家を焼かれるなど、戦争によって大変な辛苦を味わった人でもありました。楸邨はその生涯を通して、俳句で戦争に向き合い続けました。

柿くふや生きて還りし目のひかり　（推敲後）

「中西香夢凱旋《がいせん》」という前書のある句です。時代は日中戦争のさなかでした。戦地から帰還した若い友人が食べているのは、柿。日本に帰ってきたことをこれほど感じさせてくれる果物もないでしょう。この句からは、生還できたことを喜ぶ友人の気持ちと、そうした友人の姿を見て安堵《あんど》する作者の気持ちが伝わってきます。思いにあふれた句です。ところが興味深いことに、「うれしい」とか「よろこぶ」といったような感情的な表現は入っていないのです。かわりに「目のひかり」という、その人の表情を具体的に表しています。生気にかがやく瞳が、思いを十全に語っています。こうした身体についての表現は、感情を伝えるのに有効です。さらに「柿」という季語の働きも見逃せません。素朴で、暖かみのある色をした柿が、それを食べる気持ちも思わせているのです。

この句ははじめ、

柿くふや生きて還りし人の顔　（推敲前）

という句でした。「人の顔」もやはり、具体的ではあります。ただ、顔の中でも「目」に焦点を絞った推敲後のほうが、より映像としての解像度が上がっています。戦争を生き抜いた者としての思いを、目に見えるものを通して訴えている楸邨の作句法に、学びたいと思います。

原句

アグリッパの頭に冬の帽子かな

沖縄県　比嘉雅子

作句意図……夫のアグリッパの胸像はここ二、三年、夫の帽子を被っていることが多くなった。

マルクス・ウィプサニウス・アグリッパは初代ローマ皇帝アウグストゥスを支えた人物。ご主人の憧《あこが》れの偉人なのでしょうね。作句意図を読むと、帽子掛けに使っているのだとわかりますが、句の表現では、伝わりづらい。厳めしい顔の胸像を帽子掛けに使っているというのがこの句の面白さなので、それをもっとわかりやすく伝えましょう。「アグリッパ」という日本人離れした名前が生む可笑《おか》しみが、一句のスパイスになります。

添削例

冬帽子掛く胸像のアグリッパ

原句

がらんどうのポケット寂し冬の月

宮城県　米内君子

作句意図……皓々《こうこう》と月が冴えています。私のポケットの中にはかつては何かしらくだらないものが入っていた。今は何も見当たらない。

「がらんどう」という言葉はもともと、寺院の建物を指すものだったそうです。そのため、ある程度の広さ、大きさのあるものについて使うことが多いのですが、ここでは「ポケット」に使っているのが目を引きます。句としては「寂し」と露わに言わないでおきたいところ。たとえば、「寂し」のかわりに、「がらんどう」であることを強調するために「深し」としてみてはどうでしょう。

添削例

がらんどうのポケット深し冬の月

原句

去年より花数多く沈丁花《じんちょうげ》

神奈川県　坪井輝女

作句意図……

庭の隅にあった沈丁花。今年は急に花数が増え、目立つように咲いていました。

去年と比べたことで、毎年、花がつくのを心待ちにしていることがわかります。沈丁花に心を寄せる作者の、豊かな暮らしが思われます。作句意図に書かれていた「急に花数が増え」という部分を、もっと生かしたいですね。びっしりと花をつけた沈丁花の様子を、いきいきと見せたいものです。

添削例

去年より花どつと増え沈丁花

原句

霜柱小さき足跡隙間《すきま》なく

東京都　大谷悦子

作句意図……

最近ではあまり霜柱を見かけませんが、マンションの中庭にできることがあります。めずらしいのか、子供たちが通ったあとは一面踏まれています。私も子供の頃よく踏んだものです。

霜柱を踏むときの、ざくざくとした音は、楽しいですよね。「小さき足跡」で暗示するよりも、子供が踏んだのだということを、はっきり出してもよいでしょう。また、「隙間なく」よりも、作句意図にある「一面」という言葉を使ったほうが、広がりが出ます。

添削例

一面に子の足跡や霜柱

原句

冬の雲旅の荷離さぬスナフキン

東京都　田中由紀子

作句意図……………………

旅好きのスナフキンはいつもテントやリュックを担いでいます。

トーベ・ヤンソンの小説「ムーミン」のキャラクター「スナフキン」。旅人であり、クールな彼には「冬の雲」がぴったりですね。スナフキンの「旅の荷」に着目したのもよかったのですが、もう少し具体的に言いたいところ。作句意図にあった「リュック」を生かしてみました。「スナフキン大きなリュック」では詰屈《きっくつ》なので字余りにしています。リュックの大きさが思われて、無駄な字余りではないと考えています。

添削例

スナフキンの大きなリュック冬の雲

原句

埴輪《はにわ》みな口あけており焼き芋屋

群馬県　大島知子

作句意図……………………

古墳公園を散歩していたら、焼き芋屋の車が、大きな声で「やきいもーやきいもー」と通りました。ふと足もとの埴輪に目をやると、みんな口が開いていて、楽しくなりました。

ぽっかり口をあけた埴輪と、拡声器をつけた焼き芋屋と。まったく関係なさそうな二者ですが、思えば似ているところもある。とぼけた可笑しみがありますね。このままだと「焼き芋屋」への展開が唐突なので、読者がイメージしやすいよう、場所が公園であることを、さりげなく句の言葉にまぎれこませてみましたが、どうでしょう。

添削例

焼き芋屋埴輪口あく公園に

原句

娶《めと》らずに老いて春燈《しゅんとう》侘《わ》びしとも

石川県　井原武司

作句意図……老人ホームにひとり生活しています。個室の春燈を消して眠ることを、殊に侘びしいと思ったので、句にしてみました。

本来は華やいだ趣のある「春燈」を、侘びしさの句に用いることで、孤独感の深さがひしひしと伝わります。「秋燈」や「冬燈」では当たり前になってしまうのですよね。よく俳句のセオリーで「感情的な言葉を入れないこと」と言われます。作句意図にあるとおり、侘びしさを感じたのが、春燈を消したときである、と淡々と述べれば、じゅうぶん作者の思うところは伝わります。

添削例

娶らずに老いて春燈消しにけり

原句

舷《ふなばた》に人払暁《ふつぎょう》の鰹船《かつおせん》

千葉県　佐藤豊子

作句意図……朝早く出航する船には、釣り人達の姿もみえます。

中七《なかしち》に切れのある、はきはきとした文体に惹《ひ》かれました。「人」は、作句意図では釣り人とのことですが、一句単体では、漁師のことと読めるでしょう。「舷に人」の部分は、もう少し掘り下げたいところ。ただ人がいると言うだけではなく、何をしているのか、どんな姿であるのかを言えたらよいですね。添削案では、沖合を見つめて凜《りん》と立っているシルエットを描いてみました。これから漁に出る決意が感じ取れるでしょう。

添削例

舷に人立つ暁《あけ》の鰹船

原句 短冊《たんざく》にかがみじおどる星祭《ほしまつり》

作句意図……

昨夏、近所の清荒神《きよしこうじん》の参道で見かけた七夕《たなばた》の笹《ささ》に、園児の短冊がかかっていました。誤字、鏡字を見つけ、かわいいなと思って詠みました。

兵庫県 西川弘子

「かがみじ」とあるだけで、それが幼い子供が一所懸命に書いた短冊であるとわかりますね。気になったのは「おどる」というところ。のびのび書かれていたということだと思いますが、ここは客観的に書きたい。作句意図にもあるように、「誤字」「鏡字」を並べて淡々と書けばよいでしょう。

添削例 短冊に誤字鏡字や星祭

原句 ふたおやの路《みち》登りをり秋彼岸

作句意図……

実家は空き家で、墓地は高台にあります。帰るたびに、坂道を登っての墓参りです。

広島県 島田三次

眺めのよいところにご両親のお墓はあるのですね。そこから見守られている気持ちなのでしょう。「ふたおやの路」はわかりにくいので、「ふたおやの墓」としましょう。そして、「高台」にあるのだということを示せば、「登り」は省略することが可能です。「路登りをり」という事柄を示すよりも「高台にふたおやの墓」と映像を示すほうが、印象が強くなり、読者の心に訴えかけます。

添削例 高台にふたおやの墓秋彼岸

原句

よく作る小児科医師の雪だるま

作句意図……宮城県　武田初志

近所の小児科の先生は、雪が降るといつも玄関に笑っている雪だるまを作り、子供たちを迎え入れます。

子供たちのことは、句に直接書かれてはいないのですが、不安を抱きつつ小児科に来た子が雪だるまによろこぶ様子が見えてきます。俳句は「こと」ではなく「もの」で述べる詩だというのは、俳人秋元《あきもと》不《ふ》死《じ》男《お》の名言。小児科医師が雪だるまを作る、という内容だと「こと」になります。「小児科前に雪だるま」とすると、「もの」が示されます。

添削例

今年また小児科前に雪だるま

原句

ざるに鰺《あじ》地物あれこれ鮮魚店

作句意図……神奈川県　尾﨑通夫

漁港付近の小さな魚屋さんの店先、獲れたての鰺はじめカサゴ、ベラ、サバなどの地物が売られていた。

「ざるに鰺」というのが、スーパーではなく、昔ながらの鮮魚店という感じがしますね。「地物あれこれ」が説明的なのが惜しまれます。作句意図の文章で「漁港付近の」とありますので、この情報を入れてみてはどうでしょう。漁港で獲れた新鮮な地物が並んでいることはおのずから想像されます。

添削例

ざるに鰺漁港に近き鮮魚店

原句

紫雲英田《げんげだ》に空の音聞く独り旅

作句意図……

仕事で地方へ出張していました。昔はどこにも紫雲英田がたくさんあり、鳥の声や風に吹かれる木々の音がしていたものです。

大阪府　津村とも子

「独り旅」というと心細く淋しい感じですが、ここではむしろひとりであることを楽しんでいるようで、新鮮でした。「空の音聞く」の詩的表現も魅力的なのですが、俳句は即物的な詩であることから、ここは現実に即した表現に直すことも考えられるでしょう。ここでは茫漠《ぼうばく》とした紫雲英田の広がりを感じさせるために「風の音」としました。

添削例

紫雲英田に風の音聞く独り旅

原句

カフェからのハーモニカの音つわ日和《びより》

作句意図……

カフェに寄った時、店主のハーモニカを聞きました。

京都府　東　恵美子

季語の石蕗《つわ》の花が冬日和を思わせ、ハーモニカの音色のやわらかさと調和しています。ハーモニカを店主が吹いているということを明らかにしたほうが、はっきりと場面が見えてきます。添削例が「山本山」の形（中七が上五《かみご》と下五《しもご》どちらに掛かるのかわかりにくい）に見えて気になるようでしたら、上五は「つわ咲いて」などとするとよいでしょう。

添削例

つわ日和カフェの店主のハーモニカ

原句

柱傷数えて里のとろろ汁

大阪府　伊藤蛍泉

作句意図
法事で帰省し、母一人だけの田舎《いなか》暮らしを見守ってくださる方々と食事した。大家族だった頃が眼裏に。

家族の思い出が、「柱傷」という具体的なものに託されているところがよかったです。「とろろ汁」を出してきたことで、里の人々の昔ながらの暮らしぶりがうかがえますね。作句意図によれば大家族だったということで、柱傷もたくさんつけられていたのだと思います。そこで添削例では「柱傷数多《あまた》や」という表現にしてみました。

添削例

柱傷数多や里のとろろ汁

原句

評判の牡蠣《かき》釜飯《かまめし》の祖母の店

大阪府　梶谷幸子

作句意図
祖母の店の人気メニュー牡蠣釜飯。季節になると、店に牡蠣の香りが漂いました。

ただの贔屓《ひいき》の店というのではなく「祖母の店」という親しみ深さがよいですね。「評判の」だと、お店の宣伝文句のようになってしまいます。ここで、おばあ様の牡蠣釜飯の特徴を出したいところです。どういうところに工夫があり、お客さんに喜ばれているのでしょう。そこを具体的に描写するようにしてください。添削例では、「きっと牡蠣のひとつひとつが大粒なのだろうなあ」と私の想像で作ってみました。

添削例

釜飯の牡蠣大粒や祖母の店

原句 ひとりにも少し馴《な》れたる彼岸かな

愛知県 小原あつ子

作句意図……夫が亡くなって二年半、何となく淋しい日々でしたが、このところ少し気持ちの晴れる日も増えてきました。

「彼岸」の季語がしみじみと効いています。ひとりの生活の一コマを、何か具体的な所作で見せたいですね。添削では、あくまで一例ではありますが、「米研ぐ」という所作を入れました。炊く米の量も以前と変わったことが連想できるかと思います。

添削例 ひとりにも馴れて米研ぐ彼岸かな

原句 年賀状届いて友の元気知る

大阪府 髙澤 健

作句意図……日頃ご無沙汰《ぶさた》している友からの年賀状でその元気を知り、添え書きで人の温もりを感じています。年賀状離れが進んでいますが、元気なうちは毎年出すように頑張っていきたいと思います。

添え書きの文章から「元気」を感じたということだと思いますが、年賀状の視覚的な印象から「元気」がわかるようにすると、より読者に伝わりやすいです。添削例では、抽象的な「元気」を、具象的に「大きな字」で示してみました。

添削例 年賀状届くや友の大きな字

第三章

季語を最大限に生かす

「季語の説明」と言われないために

俳句では季語を入れることがルールになっています。「詠《よ》みたいことが制限されるのでは」と不自由に感じてしまう向きもあるでしょう。じっさいは、季語は私たちの表現を大いに助けてくれます。

蛍火や手首細しと摑《つか》まれし　正木《まさき》ゆう子《こ》

「手首細しと摑まれし」は、「手首が細いなあ」と言って、ぐっとつかまれたということです。これだけだと、誰が誰の手首を、なにゆえにつかんだのかがわかりませんが、季語を手がかりにすると、情景がわかるようにできています。

この句の季語は「蛍火」です。蛍といえば、和歌に、

物思へば沢の蛍もわが身よりあくがれ出づる魂かとぞ見る

和泉式部《いずみしきぶ》『後拾遺集』

とあるように、人の魂、とりわけ恋心の譬《たと》えとして詠まれてきました。そこで、おそら

くはこの正木さんの句も、男女の恋の場面なのだろうと想像できます。

蛍は、初夏に見られます。また、夜になると光りながら飛び交います。水辺に現れます。そうした情報が、「蛍」という季語にぎゅっと詰まっています。この句をあえて小説ふうに記述するとこんな感じになるでしょう。「夏の夜、蛍見にやってきた男女。近くには川が流れていて、せせらぎの音もしている。そこで男のほうが愛しさのあまり『きみは手首が細いなあ』などと言って、女の手を握る。闇《やみ》の中で、女の手首の白さが際立って見える。ふたりはおそらく恋愛未満の関係、あるいはういういしいカップルである」……これだけの内容を、十七音で表現できるのも、「蛍火」という季語の働きなのです（作者によれば、実際に句が出来たのは、居酒屋で酔った勢いに俳句仲間に無造作につかまれたという、何のときめきもない現場だったそうですが）。

逆に言えば、季語にはたくさんの情報が詰まっているので、それを繰り返してもあまり意味はありません。「蛍」という季語の場合、句の中に「夜」とか「闇」とか「川」、あるいは「恋」などという言葉を入れても、それは読者にとっては「知っている」ことなので、あまり新鮮な印象を与えられないのです。

季語の工夫

季語には「本意」といって、歴史的に積み上げられてきたイメージがあります。ひとつひとつの季語が持つ背景を確認しながら、季語をうまく生かしていきましょう。それは同時に、季語の歴史にあなたの句で一ページを加えることにもなります。

名人の添削例　松尾芭蕉《まつおばしょう》の場合

がつくりと身の秋や歯のぬけし跡　杉風《さんぷう》（添削前）

杉山《すぎやま》杉風は、松尾芭蕉の弟子のひとり。幕府御用達の魚屋を営み、経済的にも芭蕉をよく支えた人でした。この句を作った時、杉風は四十三歳。当時としては初老です。歯が抜けたことで、身の衰えを痛感したというのです。この句を芭蕉は次のように改め、蕉門のアンソロジー『猿蓑《さるみの》』に載せています。

がつくりとぬけ初《そ》むる歯や秋の風

（添削後）

原句はただ漠然と「秋」という季節を示しただけでしたが、季語として「秋の風」を用いたことで、身体感覚として、老いが実感できる句になりました。秋風がつめたく肌にしみこんでくる感覚が、情けなさや侘《わび》しさを、なまなましく伝えているのです。「秋風」のような伝統的な季語には、詩歌の歴史の中で培われてきた情感やイメージが決まっていて、これを「本意」といいます。「秋風」であれば、「身にしみてあはれを添ふるやうにも詠めり」（『改正月令博物筌《はくぶつせん》』）というのが、その本意です。季語はただの自然現象ではなく、さまざまな意味を含んでいるので、それをうまく使うと十七音以上の内容を伝えることができるのです。

芭蕉にも、同じく歯から衰えていく感慨を詠んだ〈衰ひや歯に喰《く》ひあてし海苔《のり》の砂〉という句があります。老いは概念的に詠むのではなく、歯や肌といった肉体に根差して表現しましょう。

原句

秋晴れや遠足の子ら整列す

作句意図……………………

駅や乗り物の中でリュックを背負った子供たちをよく見かけます。先生の号令のもと、嬉《うれ》しそうな顔できちんと整列する様子が、ほほえましく感じられました。

京都府　安川　由

「整列す」というところに、子供らしい素直さが表れていますね。「秋晴れ」は秋の季語、「遠足」は春の季語ですので、季重なりになってしまっているのを直したいところ。「遠足の子ら」のかわりに「リュックの子ら」としてみるのはどうでしょう。「リュック」という具体的なものを示したほうが、イメージがはっきりします。

添削例

秋晴れやリュックの子らの整列す

原句

紅梅の紅より小鳥とび立ちぬ

作句意図……………………

満開の紅梅の咲いている中から、急に小鳥がとび立ち、とび去って行きました。

神奈川県　生田英子

シンプルな句ですが、浅春を迎えて、地に空に生気がみなぎっていく感じが、よく出ています。「紅梅の紅より」というところ、「紅」が重なっています。ここは、「紅梅の中より」とすると、紅梅の枝が幾重にも差し交わしているイメージが浮かびます。また、「小鳥」は俳句では、秋の季語にもなっているので、春の句で使うのはできれば避けたいです。たとえば「一羽」とすれば、小鳥と言わなくても通じるでしょう。

添削例

紅梅の中より一羽とび立ちぬ

原句

命日に孔雀《くじゃく》仙人掌《サボテン》開きたり

作句意図

花が好きだった父が二十年余り前、従姉《いとこ》に持たせた数枚の葉茎の子孫が、我が家でも五月、毎年咲きます。今年は七回目の命日の夕刻に。真っ白な大きな一輪が開きました。

埼玉県　岸田多恵子

「孔雀仙人掌」という、珍しい花が出てくるので、目を引きます。とても見栄えのする美しい花で、亡くなった方の人柄までしのばせています。季語は「仙人掌の花」で、夏。花のイメージをくっきりさせるために、下五《しもご》はただ「開きけり」ではなく、「花開く」と「花」の語を入れたほうがよいでしょう。

添削例

命日に孔雀仙人掌花開く

原句

リハビリに向ふ背中へ秋の風

作句意図

今夏より通い始めたリハビリ。今朝は涼しい風が吹いていて、爽《さわ》やかな空気だった。

兵庫県　庵奥真弓

「背中」を出したことで、イメージが浮かびやすくなりました。決意や不安など、さまざまな感情も想像されます。これだと「背中」が誰か別の人（家族など）なのか、自分なのか、解釈が分かれるでしょう。ここは「わが背に」とすると、自分の背中に風が当たっている感じが出ます。季語は「秋の風」だと不安感のほうを読み取る読者も多いはず。添削例では「爽やか」を「さやか」と言いかえ、「風さやか」と使いました。

添削例

リハビリに向ふわが背に風さやか

原句

白鳥翔《た》つ深き森より清《せい》和《わ》かな

作句意図

御朱印をいただきに神社でお参りをしました。おみくじを読み、顔を上げた時、空に白鳥が一瞬飛んだのが見えたことに、すごく感動いたしました。

栃木県 白井寿子

「清和」は、初夏のすがすがしい気候のこと。新緑の森から、真っ白な白鳥が飛び立ったというのは、まさに「清和」の季語にふさわしい風景です。「白鳥」は俳句だと冬の季語になるのでここは「白き鳥」とぼかしましょう。また、語順もなめらかに、より伝わりやすいように。「深き森」「白き鳥」とリズムを整えました。

添削例

清和なり深き森より白き鳥

原句

洪水の道路を泳ぐ白き鯉《こい》

作句意図

八月二十八日、九州豪雨災害を報じるテレビに、冠水した道路の泥水の中を鯉が泳ぐ映像が流れました。印象に残ったので、句にしておこうと思いました。

栃木県 柴田道子

道路を鯉が泳いでいるというのが、洪水の恐ろしさを物語っています。その鯉の白さを出したのも、印象的でした。「白き鯉」と、はじめに鯉の姿を見せてから、「道路」を持ってくることで、読者に与える衝撃も大きくなります。台風による洪水のことをいう「秋《あき》出《で》水《みず》」という季語を使ってみました。

添削例

白き鯉泳ぐ道路や秋出水

原句

梅届き夫《つま》が出番と腕まくり

作句意図

毎年友人から送られる梅の実を、主人が洗って、梅ジュースや梅酒を作ります。「梅届き」では、梅の花と思われてしまうでしょうか。

埼玉県　下村孝子

「夫が出番と腕まくり」のフレーズが軽快で、読む者に元気をくれます。内容をよく読めば「梅」は梅の実をさすのだとわかります。花では、腕まくりはしませんものね。でも、おっしゃるように少し読者を考えさせてしまうかもしれません。ここは夏の季語であり、梅干しや梅酒のもととなる「実梅」という季語を使いましょう。

添削例

実梅着く夫が出番と腕まくり

原句

さえざえし礫《つぶて》の如《ごと》く星の落つ

作句意図

川沿いで見上げた空の流星を目にして、季節の移り変わりを感じました。

大阪府　藤本博之

「流星」を季語とした句と見ました。冴え冴えとした大気の中を飛ぶ流星を「礫」と捉《とら》えたのは、その怜悧《れいり》な印象を言い当てていて、的確です。文法的には「さえざえし」ではなく「さえざえと」が正しいです。「星の落つ」は「の」の助詞を取ったほうが、引き締まった空気感が再現できるのでは。そこで「星落つる」と変えます。「さえざえ」を冬の季語として使うこともありますが、秋の季節感の表現として受け取ればよいでしょう。

添削例

さえざえと礫の如く星落つる

原句 春一番旗はピンクや梅まつり

作句意図……風のたいそう強い日、梅林へピクニックに出かけました。

愛知県 戸根由紀

梅祭りの旗は、確かにピンク色。安っぽい色なのも許せてしまう春の気分が出ています。「春一番」と「梅まつり」の季重なりは解消したいところ。「旗はピンク」が肝なので、「梅まつり」を残しましょう。旗がはためいている、ということで、強い風を婉曲《えんきょく》に感じさせればよいでしょう。ハの音の重なりも、風の荒々しさを伝えてくれるはず。「梅祭」と漢字にしたほうが、緊密で見栄えのよい字面になります。

添削例 はためける旗はピンクや梅祭

原句 蒼天《そうてん》にひとり棹《さお》さす手取川《てどりがわ》

作句意図……雪割草が花開いたというニュースを読んで、小松に出かけました。

石川県 太田德子

「蒼天にひとり棹さす」は格調高いフレーズですね。手取川は白山《はくさん》を源に、日本海へ注ぐ石川県随一の河川。この味わいある川の名も捨てがたいのですが、このままでは季語がありません。作句意図に、雪割草の開花のニュースを聞いて出かけた、とありますので、下五は早春の季語である「雪割草」としてはどうでしょう。「棹さす」は、棹を水底に突いて舟を進める意味で、川という語はなくても、山川の情景と想像できるでしょう。

添削例 蒼天にひとり棹さす雪割草

原句

ふっくらな雀《すずめ》とび交うカフェテラス

東京都　臼田利子

作句意図……

新宿区・信《しな》濃《の》町《まち》のカフェテラスに入りました。パンくずをつついている雀が五、六羽、ふっくらとしていました。

「雀」だけでは季語になりません。冬の季語「ふくら雀」を使ってみてはどうでしょう。寒中、全身の羽毛をふくらませている雀のことです。パンくずをつついている、という感じではなくなってしまいますが、おこぼれを狙《ねら》って、集まってきている眺めですね。より具体的にするために、「五、六羽」という数の情報も入れましょう。

添削例

五六羽のふくら雀やカフェテラス

原句

麦の秋農高生の光る汗

岡山県　宮川真由美

作句意図……

農業高校の生徒さんが、コンバインに乗り、学校田の麦の収穫作業をしていました。私まで元気をもらった気分になれました。

「汗」はべとついて嫌なものですが、ここでは気持ちのよい「汗」が描かれているのがよかったです。「麦の秋」も「汗」も、ともに夏の季語ですので、ここは「汗」の句としましょう。作句意図にあった、コンバインに乗っていたという情報は、ぜひ入れたいですね。「光る汗」ではなく「汗光る」として、彼らの若さを「光る」の動詞で匂《にお》わせましょう。

添削例

コンバイン農高生の汗光る

原句 **どくだみを侍《はべ》らせコロナ寄せ付けず**

作句意図……裏庭のどくだみの白い花が、勝手に入らないでと言っているような気がしています。　京都府　塚本和子

夏の季語「どくだみ」は「十薬《じゅうやく》」ともいって、煎《せん》じて薬に用います。新型コロナウイルスにも特効薬ができてほしいと、軽く興じつつ祈る思いが出ていますね。そこで、「どくだみ」ではなく「十薬」の名を使ってはどうでしょう。また、「侍らせ」の擬人化は主観が入りすぎているので、作句意図にある「裏庭」という場所を示してみました。

添削例 **裏庭の十薬コロナ寄せ付けず**

原句 **秋の蝶《ちょう》届きし姉の絵手紙に**

作句意図……入院した姉の見舞いも行けない状況の時、姉から趣味の絵手紙が来ました。秋の蝶が庭に来る頃には退院できると。一安心しました。　東京都　仲田勝一

「秋の蝶」の儚《はかな》い佇《たたず》まいが、たとえ状況を知らなかったとしても、お姉さまの今の境遇をそれとなく暗示しています。絵手紙の文章に秋の蝶の話題があったとのことですが、秋の蝶は実際に手紙を受け取った風景の中にいたことにしたほうが、季語としての存在感が出ます。秋の蝶が舞っていることと、絵手紙が届いたことは別々に表現して、秋の蝶に姉のイメージを重ねるわけです。

添削例 **秋の蝶姉の絵手紙届きけり**

原句

夫と選ぶ盆提灯《ぼんぢょうちん》や岐阜《ぎふ》の町

作句意図……

義父が逝きました。思うように見舞うことも弔うこともできない心のまま、初盆の御供にと、提灯を求めに出かけました。

愛知県　戸根由紀

「夫と選ぶ」というところに、ふたりで心をこめて故人を弔おうとする優しさが感じられますね。最後の「岐阜の町」は、報告的な印象を拭《ぬぐ》えませんでしょう。「岐阜提灯」という本来の名を使ってはどうでしょう。これで「岐阜」の地名がさりげなく入りましたので、最後の「岐阜の町」は不要となります。その分、「盆支度」という季語を入れると、自然に状況の伝わる句になるでしょう。

添削例

夫と選ぶ岐阜提灯や盆支度

原句

日向《ひなた》ぼこせし鳩《はと》の今飛び立てぬ

作句意図……

ベランダでうずくまっていた鳩、エサや水をやり、世話をするが動かず。そのまま様子を見ていると、陽がのぼり、暖かくなった頃、サッと飛び立っていった。

神奈川県　佐伯ユミ

日向ぼっこはあくまで人間がしているから季語になるのであり、鳩の日向ぼっこは原則としては季語にならないでしょう。作者自身も日向ぼっこしていることにしたいですね。自分が日向ぼっこを切り上げたことと、鳩が飛び立ったことを、ともに詠み込んではどうでしょうか。

添削例

日向ぼこ終はりぬ鳩も飛び立ちぬ

原句

孫の描く極彩色の春景色

作句意図

六歳の孫が我が家へ来た時、庭に出て絵を描く。椿《つばき》、水仙、梅、こぶし、桃の花などなど。色あざやかな花の精が踊っているようだ。

京都府　市川俊枝

「春景色」が抽象的なので、ここはいくつかの花に絞りましょう。作句意図の中で「椿、水仙、梅、こぶし、桃の花」を挙げていますが、たとえば春の季語「梅」「椿」を並べて「梅椿」としてみましょう。松尾芭蕉の〈梅椿早咲き褒《ほ》めん保美《ほび》の里〉の句にもあるような春の代表的な花で、「春景色」を代表させるわけです。

添削例

孫の描く極彩色の梅椿

原句

春の日やペンキぬりたてポストかな

作句意図

春のある日、歩いていたらペンキぬりたてのポストを見かけました。やわらかな光につつまれてポストの色がとても新鮮に見えました。季語は「春の日」でいいのでしょうか。

埼玉県　遠藤麻里

日差しに照らされたポストの赤い色が、くっきりと読者の目にも浮かびます。ここでは、春のある日という意味で「春の日」と使っていますが、日差しのイメージを出すために、「春日差す」という季語を使うとよいでしょう。「や」と「かな」はともに強く切る切字《きれじ》なので併用しないほうがよいです。

添削例

春日差すペンキぬりたてポストかな

原句

寒鮒《かんぶな》やすばやくすするカップ麺《めん》

作句意図

冬の鮒釣りは釣果が望みにくいのですが、昼食も簡単にすますほど夢中になるのです。

埼玉県　小野寺君雄

「すばやくすするカップ麺」のフレーズは、その場にいた人しか知り得ないリアリティがあって、強く訴えてきました。上五《かみご》の季語は「寒鮒や」よりも「寒鮒釣り」とすると、釣りの場面だという事がはっきりするので、読者に親切です。上五が字余りになりますが、「すばやくすする」の調べにスピード感があるので、リズムは崩れないと判断しました。

添削例

寒鮒釣りすばやくすするカップ麺

原句

菜の花の黄色の束を文に添へ

作句意図

春らしい菜の花の黄色が好きなので作りました。香りが感じられるように、と思ったのですが……。「束」がピッタリなのかどうか、迷いました。

岡山県　守戸正子

菜の花を束ねて、手紙とともに送ったのですね。より心のこもったメッセージとなったことでしょう。一本や二本では淋《さび》しいので、「束」にしたことはよかったと思います。原句ですと、菜の花が文の添えものといった感じですが、切字「や」を用い菜の花をメインにして、そこに手紙を添えたことにすると、季語が生きてくるでしょう。

添削例

菜の花の黄色の束や文を添へ

原句 **復活の水泳選手春の星**

作句意図

病を克服し、見事にカムバックした池江《いけえ》選手を応援する句です。

愛知県 柳原加奈子

水泳選手に取り合わせるのであれば、昼間の季語（「春の空」など）がよいのかもしれませんが、「春の星」でよいと考えます。夜、テレビで応援している様子が、場面として見えてくるからです。もちろん、春の星の輝きには、選手を祝福する意味合いも。お祝いの句ですので、フルネームを入れてみてはどうでしょう。古来、名には不思議な力がこめられているとされています。「池江璃花子《りかこ》」は六音で、中七《なかしち》に入れやすいのも僥倖《ぎょうこう》でした。

添削例 **復活の池江璃花子よ春の星**

原句 **母子等の被爆死刻む墓石あり**

作句意図

私たちのお墓の近くの墓石に、昭和二十年八月九日に亡くなった母と子の名前が刻まれていることに気づきました。

長崎県 中村住代

季語がありませんので、「墓洗ふ」という秋の季語を置きましょう。「自分の家の墓ではないのに」という心配は不要です。遺族になり代わってその墓を洗っているということになります。俳句では、そこに書かれていることを傍観者として眺めているのか、当事者としてかかわっているのかが、曖昧《あいまい》なのです。ある母子に限定したほうが気持ちが強くこもりますので、「母と子」としました。

添削例 **母と子の被爆死刻む墓洗ふ**

第四章

個性を出す

よくある発想、実例ふたつ

与謝蕪村《よさぶそん》は類想に厳しい俳人でした。句の評を乞われて書いた短文「点の損徳論」に、こんな一節があります（藤田真一《ふじたしんいち》編注『蕪村文集』岩波文庫）。

百合花《ゆりのはな》よべの露をやしたみけむ

折とれば百合から雨のこぼれけり

一句目は、百合の花に夜露がおりて、それが翌朝にはしたたるばかりだ、ということ。二句目は、雨あがりだったのでしょう、百合を折り取ったところ、その花びらから雨粒がこぼれた、という内容。どちらも水滴に濡《ぬ》れた百合の花の美しさを描いた句で、けっして悪いわけではありません。しかし蕪村はこれらの句について、「作者のかたにはあたらしかるべけれど、判者のかたには古し」と切り捨てています。作者は新鮮な句だと思っているのだろうけれど、俳句を見慣れた選者にとっては、ありきたりな句――つまり類想なのだという指摘です。

これは現代でも大きく変わりません。作者には発見だと思っていても、選者や読者にとってはさほど目新しいことでもないということは頻繁に起こります。ちなみに、蕪村があげているような、「花を折り取ったら雨粒（もしくは露）がこぼれた」という句は、いまだに類想の多い題材です。

類想・類句がけっして悪いわけではありません。ありきたりの題材、切り口でも、ちょっとした言葉の違いで秀句になることも。ただし、その題材で、すでに有名な句が作られている場合は分が悪いといえるでしょう。ひとつ例をあげます。

鶯《うぐいす》を聞くや掃除の手を止めて

このように、「家事をしているときに鶯の声が聞こえてその手をとめた」という着想の句は多いのですが、

鶯に手もと休めむながしもと　智月《ちげつ》

という、元禄《げんろく》期の俳人の有名な作があるので、肯定的な評価はしにくいのです。河合《かわい》智月の句は、台所仕事の手をとめて鶯を聞いたということ。もし句会などで類想・類句の指摘を受けたら、潔く捨て、気持ちを切り替えて新鮮な一句を目指してください。

何をいかに詠《よ》むか

「何を詠むか」と「いかに詠むか」は、俳句の二本柱。題材もまた、面白いものを探したいところ。俳句にすると面白いものは、案外見落とされがちです。「こんなものを俳句に詠んでも」と思うものの中にこそ、宝が潜んでいるかもしれません。

名人の添削例　松尾芭蕉《まつおばしょう》の場合

弟子の句へのアドバイスを見てみましょう。

面影のおぼろにゆかし魂祭《たままつり》　去来《きょらい》（添削前）

「魂祭」とは、お盆に祖先の霊をまつること。亡くなった人のおもかげがぼんやりと浮かんできて、切に会いたくなった、というのです。この句を向井《むかい》去来は手紙に書いて、師である芭蕉に送ったそうです（『去来抄《きょらいしょう》』）。「祭る時は神いますが如《ごと》し」という『論語』の一節を踏まえた句で、霊棚《たまだな》（霊をまつって食べ物などを供える棚）の奥に亡き人がいそうな気がして作ったのです、という添え書きとともに。

　返信に芭蕉は「此分にては古びに落申べく候《そうろう》」と書いてきました。俳句らしい新しさがないというのです。たしかに、このままでは常識的で面白くないですね。そこでどうすればよいのか。なんと、手紙の中で去来が書いていた「玉棚の奥なつかしく覚侍《おぼえはべ》る」の言葉をそのまま使えばよい、というのです。

霊棚の奥なつかしや親の顔　（添削後）

　アドバイスを受けて、去来はこんな句に直しました。「霊棚の奥なつかし」という、ふだんの言葉づかいをしたところに、和歌とは違う俳句としての新しさがあります。そして「霊棚の奥」とか「親の顔」と言うことで、より具体的になっています。見事な添削ではありませんか。

　無理のない言葉づかいで、イメージが浮かびやすいように——芭蕉の添削から、私たちが学びたい点です。

原句 洗車せよ夫《つま》は炬燵《こたつ》で吾は奴隷《どれい》

作句意図……厳冬でも洗車もしないで、炬燵から出ない旧《ふる》き九州男子にあきれつづけています。　埼玉県　青木夏代

諧謔味《かいぎゃくみ》のある内容ですね。「炬燵」という季語を、思いがけない切り口から生かしています。ただ「奴隷」という言葉は強烈で、どちらかといえば川柳《せんりゅう》に近い笑いになっています。俳句と川柳の差については、さまざまな説がありますが、俳句ではあまり面白くしすぎないほうがよいのは確かです。添削例は、夫に洗車を命じられたとしました。「奴隷」という言葉を除き、諧謔味を抑えてあります。

添削例 洗車せよと指図の夫や炬燵にて

原句 ストーブと駅員一人過疎の駅

作句意図……旅行先の小さな駅におりました時、待合室で私たちを迎えてくれたのは、一人の駅員さんと、煌々《こうこう》と燃える小さなストーブでした。　東京都　西村久子

いかにも鄙《ひな》びた町の駅といった風情ですね。「駅員」と「ストーブ」があった、と端的に示すだけではなく、何か〝動き〟があると、読みごたえが出てきます。実際に駅員さんがどうしていたのかはわかりませんが、たとえば、ストーブにあたっていたことにしてはどうでしょう。外で仕事をしたあとで手をあぶっていた、というような場面です。

添削例 ストーブにあたる駅員過疎の駅

原句　初日より初屁《はつへ》うれしや病明け

京都府　青柳カズヒト

作句意図……こういう「花鳥風月」より遠く離れた句は、川柳に近いのでしょうか。

「和歌優美、俳諧《はいかい》自由」という松尾芭蕉の言葉もありますが、俗なものも含めて世界のさまざまな事象を、俳句は受けとめてくれます。ただし、表現の〝俗〟には気をつけたいところ。まずは愚直に実景や実体験を詠んでみることを勧めます。「初屁」の言葉遊びは避けて「放屁《ほうひ》」としました。高浜虚子《たかはまきょし》の〈川を見るバナナの皮は手より落ち〉という、洒落《しゃれ》を使った佳句もありますから、慣れてきたら言葉遊びの句にチャレンジしてください。

添削例　病明け放屁うれしや初日の出

原句　タブレット指す手が止り目借時《めかりどき》

大阪府　小原紀代

作句意図……主人がタブレットをいつも指さして、楽しんでいます。見ていると、だんだん目が細くなっていき、タブレットが落ちました。

この句は「蛙《かわず》の目借時」という古い俗説をもとにした季語との取り合わせで面白くなりました。今も昔も、春には眠たくなるもの。タブレットを操る手がとまったというのは、現代人ならではの眠気の表現です。いっそのこと、作句意図にあるように、タブレットを取り落としてしまったことにしてはどうでしょう。より「目借時」という飄逸《ひょういつ》な季語も生きてきます。

添削例　タブレット指より落ちて目借時

原句 ダンスする孫の笑顔に夏の空

長野県 篠田 健

作句意図

夏祭りの日、街の中央の広場で孫の所属するダンススクールの発表会がありました。一生懸命踊る孫の笑顔が忘れられません。

強い日差しの降りそそぐ夏の空の下でも、懸命に踊っているというのが健気ですね。「孫の笑顔」と言ってしまうと、甘くなってしまうのが惜しまれます。ここはもう少し主観を抑えめに書いてみてはどうでしょうか。作句意図の文章の中に「ダンススクールの発表会」とあるのを生かしてみました。淡々と書いていても、読み手は子供たちの表情をあれこれ想像してくれるはずです。

添削例 夏空やダンススクール発表会

原句 カメラマン立ちて座りて花を撮《と》る

滋賀県 柴田久美子

作句意図

桜が満開の頃、吟行をしていましたら、カメラマンが背伸びをしたり寝転んだり、近づいたり離れたりして桜を撮っていました。

「立ちて座りて」には、なんとか桜の美しさを写しとろうと苦闘する様子が出ていて、このままでも面白いですね。ただ、「背伸びをしたり寝転んだり」がとてもいきいきとしているので、下五《しもご》が六音になるとしても、これをそのまま使って句を作るとさらに面白くなりそうだなと思いました。カメラマンの動作というより、自分自身のこととすると、より句に感情移入しやすくなるでしょう。

添削例 花を撮る背伸びをしたり寝転んだり

原句　日がさして金色になる蜜柑《みかん》かな

作句意図……日が差して、たくさん生ったネーブルが、全部金色に見えました。毎年、たくさん生ってくれるので、嬉《うれ》しく見ています。

愛知県　安井英子

さっと日が差したことで、眺めががらっと変わることがあります。この句では蜜柑が金色になったという変化を捉《とら》えて、作者の胸中もまた明るくなった感じを出しています。「全部金色に」とありますので、たくさんの蜜柑がすべて金色に見えたと表現してはどうでしょう。そちらのほうが、鮮烈な印象を読者に残すにちがいありません。

添削例　日のさしてみな金色の蜜柑かな

原句　卒業子お礼の言葉菓子に込め

作句意図……ある高校で仕事をしています。毎年、卒業生とのお別れは寂しいものです。昨年ある男子生徒から「感謝」の言葉の入ったクッキーをもらいました。まだ残してあります。

静岡県　外山泰子

卒業の句として、お菓子をもらったというのは、現場にいらっしゃる方でないと書けない実感がありますね。仕事の現場にも、俳句の題材はたくさん転がっているのです。「菓子」だと、読者にはイメージが浮かびづらいので、「クッキー」であることを、はっきり句に入れましょう。

添削例　クッキーにお礼の言葉卒業子

原句

眺むればパッチワークのごとき春田や

作句意図……社では煙草《たばこ》吸いが三階の喫煙室に集う。ふと外を見ると、田畑の様子が以前と様変わり。四角い枠の中の色がそれぞれに楽しい。

埼玉県　鯨井繁一

作者が面白いと思ったことと、読者が面白いと感じることに、しばしばズレが起こります。どちらを優先するべきかは、その時々によりますが、この句においては「三階の喫煙室」から「春田」が見えたという内容に面白みを感じました。春田をパッチワークにたとえる発想は、目新しいとはいえないからです。一つ所に押し込められて煙草を吸っている状況と、春田の広がりとが、対照的です。

添削例

三階の喫煙室や春田見ゆ

原句

樹から落つる波紋広がる時の日や

作句意図……忘れられがちな「時の記念日」にスポットをあててみました。

神奈川県　渡辺百子

木の雫《しずく》と「時の日」との取り合わせに詩情があります。原句では、ぽとりと落ちた一回の波紋に集中していますが、ぽとりぽとりと、落ち続けたほうが、時間の流れを知らせ、「時の日」を実感させてくれるのではないでしょうか。添削例では、「波紋生みつぐ」として、連続して落ちる雫の波紋を描いてみました。「青時雨《あおしぐれ》」という言葉もありますが、それよりももっと微かな感じですね。

添削例

時の日の波紋生みつぐ木の雫

原句　空きぬる車庫賑《にぎ》はしアジサイの花

作句意図　車を手放してから、空いた車庫に寂しさを感じていました。脇に並べた鉢に紫陽花《あじさい》の白い花が咲き、何日か過ぎて青色や紅色も加わると賑やかさを感じて嬉しくなりました。

大阪府　北野哲也

からっぽの車庫に、紫陽花が彩りを与えてくれるという感性に惹《ひ》かれました。紫陽花がさまざまな花の色を持ち、賑わしいというのはやや説明的なので、「車庫」のほうを詳しく言ってみてはどうでしょうか。車のなくなった車庫の暗さとの対照で、紫陽花の華やかさや賑わしさを、読者がおのずから感じ取ってくれるはずです。

添削例　紫陽花や車売りたる車庫暗し

原句　閑《しずか》さやベッドを包む虫の声

作句意図　ワンルーム。夜になると、庭中の虫がまるでベッドを包むように鳴いている。

愛知県　矢野敬和

「ベッドを包む虫の声」は、実感を伴った詩的表現です。「閑さや」からはじまると、どうしても松尾芭蕉の〈閑さや岩にしみ入る蟬《せみ》の声〉を連想してしまいます。この句の場合、昆虫の鳴き声を題材にしているので、なおさらです。このベッドが「ワンルーム」に置かれているという情報を入れてはどうでしょう。おのずから静かさも伝わるでしょう。さらに、心細さも一句の底にしのびこませられるはずです。

添削例　ワンルームベッドを包む虫の声

原句 **長き夜に「北の国から」見なおして**

作句意図……「北の国から」の再放送をしていました。三か月の十一回分とスペシャル版を、毎週土曜の夜に楽しみにしていました。

東京都 柳沢敬子

「北の国から」というタイトルを入れたのがよいですね。長き夜に、家にいながらも、心は北国に飛んでいる。長編のドラマですから、夜長にちょうどよさそうです。「見なおして」というのも悪くはないのですが、作句意図にあった「スペシャル版」という言葉に惹かれました。心を物語で満たす、秋の夜長の特別な感じが、「スペシャル」という言葉から滲《にじ》み出てくるでしょう。

添削例 **長き夜や「北の国から」スペシャル版**

原句 **神の留守袋綴《と》じ誌を購《あがな》ひぬ**

作句意図……十一月の神の留守中に、鬼の居ぬ間の洗濯とばかりに、袋綴じの週刊誌を、八十三歳になっても、買ってみたい気持ちを詠んだ。

茨城県 山下和夫

「神の留守」という季語を、面白く使っていますね。「購ふ」は句の内容に対していささか硬いので、「買ふ」という一般的な言葉を用いて「袋綴ぢ週刊誌買ふ神の留守」でよいでしょう。「綴じ」は旧仮名遣いで「綴ぢ」と書きます。せっかくなので、もう少し可笑《おか》しさを出すことも考えられます。「袋綴ぢ」は、開けているときにこそ、もっともうしろめたさを感じるのではないでしょうか。

添削例 **神の留守雑誌の袋綴ぢ開ける**

原句

餅搗《もちつき》や最後の一臼《うす》酔いつぶれ

作句意図……元気付けのため、焼酎《しょうちゅう》を飲み飲みの餅つき。最後の一臼は酔いつぶれ、グウグウと。

宮城県　阪本昭憲

餅つきの場面で、「酔いつぶれ」ている人を出してきたのが、愉快ですね。「最後の一臼」は、飲みながら餅つきをしているということがわかれば納得がいくのですが、このままだと読者に伝わりにくいでしょう。酔いつぶれているのが誰かを、示してはどうでしょう。一家の主のお父さんであることを示す表現は、いくつかあります。

添削例　**餅搗や大黒柱酔いつぶれ**

添削例　**餅搗や頼みの父の酔いつぶれ**

原句

冬ざしき夫婦が別の本を読み

作句意図……障子《しょうじ》を開けると、外の庭は寒そうです。夫とふたり、暖かい部屋で静かに本を読んでいます。

三重県　宮村幸子

別々の本を読んでいるのだけれど、心はつながっていて、冬ざしきに流れる穏やかな時間を思わせますね。別の本を読んでいるというのは当たり前なので（同じ本を読んでいるのはちょっと特殊な場合ですよね）、本を読むという同じ行為を別々にしている、と表現したいところ。「めいめいに」とか「それぞれに」とか「別々に」とか「おのおので」とかさまざまな表現が考えられるでしょう。

添削例　**めいめいに本読む夫婦冬ざしき**

原句　**仲間居てバレンタインの若返り**

作句意図……

ウォーキングの仲間の女性がみんなにチョコのお菓子を配り、男性には「バレンタインですね」と。若返った気持ちを味わい、詠みました。

埼玉県　柳　辰男

イベントを楽しみつつ、仲間とのつながりが深まっていく嬉しさが、いきいきと詠まれています。どういうつながりの「仲間」であるのかを示すと、読者がより句に共感しやすくなるでしょう。ウォーキングの仲間であることを言えば、メンバーの年齢層や、雰囲気《ふんいき》もおのずと想像できます。

添削例　**バレンタインチョコウォーキング仲間より**

原句　**新緑の小道を歩き深呼吸**

作句意図……

五月半ばの新緑が美しい休日に、庭園を散策したときの爽快《そうかい》感を詠んでみました。園内に俳句ポストが置かれていたのですが、投句しなかったので添削教室へ投句しました。

神奈川県　高砂純子

「新緑の小道」は清々しいフレーズですね。ただ、そこで「深呼吸」をしたというのは、誰でもやりそうなこと。せっかく見つけた「俳句ポスト」というちょっと珍しいものを詠み込んでみてはどうでしょう。

添削例　**新緑の小道に俳句ポストかな**

原句

すれ違うトラックに牛青田道

作句意図

水田の苗はすくすくと育っています。すぐ近くの道路で、肥育用の牛でしょうか、たくさん乗っているトラックとすれ違いました。　茨城県　舘　健一郎

トラックに牛が乗っているという眺めが、昔ながらの田園を想起させます。たくさんの牛が犇《ひし》めいているというところに面白みがあるので、そのイメージは強調したいですね。「すれ違う」は無くても通じますので、この部分を削り、たくさん乗っているという意味の「満載」の語を使いました。

添削例

トラックに満載の牛青田道

原句

初明り産湯《うぶゆ》もらいて今傘寿

作句意図

元日の夜明けに傘寿を迎えます。お正月ということで誕生日が自分だけの大切な日とも思わず過ごしてきましたが、このたびは節目の記念すべき日と思い、詠みました。　兵庫県　小山ゆずき

お正月と重なると、たしかに誕生日の特別な感じが薄くなりますね。「産湯」と「傘寿」をともに詠み込んで、歳月の重みが実感される句です。添削例では、脚色を加えて、よりドラマティックにしてみました。「若水《わかみず》」とは、元日の朝にはじめて汲《く》む水。この水を産湯に使ったということにして、誕生のめでたさを強調してみたのです。

添削例

若水を産湯にもらひ今傘寿

凡人的発想を避ける

テレビや新聞などでさかんに使われている言葉よりも、自分ならではの言葉を探しましょう。また、箴言《しんげん》や人生訓なども類句に陥りやすいので、注意が必要です。「借りものの言葉」では、読者を感動させる句にはなりません。

名人の推敲《すいこう》例　池田澄子《いけだすみこ》の場合

「NHK俳句」の選者も務められた池田澄子さんの代表句を紹介します。

じゃんけんで負けて蛍に生まれたの　（推敲後）

この世に生まれてくるときに、じゃんけんで何になるかが決まるという発想、なかなかできるものではありませんね。人に生まれればラッキー、命の短い蛍ならばアンラッキー、などと考えるのは、人間の傲慢《ごうまん》です。「人に生まれようが鯨に生まれようが蛍であろうが、その儚《はかな》さは同じだろう」とは、池田さんのこの句についての自解の言葉です（『シ

リーズ自句自解1　ベスト100　池田澄子』）。この句、はじめは、

じゃんけんや蛍に生まれすれ違う　（推敲前）

という句だったそうです（蜂谷《はちや》一人《はっと》 YouTubeチャンネル「ハイクロペディア」）。じゃんけんによって何に生まれてくるかが決まる、という着想はこのときからあったのですが、これだと「蛍と私（作者）とがすれ違う」、あるいは「蛍と蛍がすれ違う」という映像は浮かぶ一方、肝心の命の儚さがあまり感じられません。せっかくの発想が生かしてきれていないのです。

池田さんは、師であった三橋敏雄《みつはしとしお》と何度もやりとりをして、最終的に冒頭の形に決めたそうです。大きな点は、「生まれたの」という口語を使ったことでしょう。現代の俳句の多くは文語で書かれますが、この句においては「生まれたの」とぽつりつぶやくような口語の調子が、蛍の淡い光を感じさせ、ひいては生きとし生けるすべての儚さを言いあてています。自分の発想を生かしきるためには、多様な表現法を身につけることが求められるのですね。

原句

著莪《しゃが》の花参道脇を照らしたり

作句意図……

山の上にある寺への道。うす暗い山道にたくさんの著莪の花が咲き、道を照らしてくれていました。

大阪府　西野　誠

薄暗い中だからこそ、著莪の花の白い花が目立つのですよね。題材はよかったのですが、作者のいちばん力を入れたところである「照らしたり」は、常套《じょうとう》的で、あまり生きていません。花を灯火や光にたとえる発想は、意外に多いのです。添削例では、情景描写に徹しました。ちょっと物足りないかもしれませんが、灯るように咲いている著莪の花のたたずまいが、こちらのほうが伝わるはず。

添削例

山上の寺へ道あり著莪の花

原句

大玻璃戸《はりど》全部使いて黒揚羽《くろあげは》

作句意図……

声楽の先生のお宅は、庭に向かって大きなガラス戸になっています。レッスンを受けていると、黒揚羽がゆっくりと飛び去っていきました。

栃木県　柴田道子

ガラス戸を全部使うという言い方、面白いですね。ただ、〈流星の使ひきれざる空の丈　鷹羽《たかは》狩行《しゅぎょう》〉という先行句もあるため、私としては、声楽のレッスン中に現れた黒揚羽だった、という状況を生かしたいと思いました。声楽の声に誘われて黒揚羽が現れたかのような、遊び心が感じられるでしょうか。

添削例

声楽のレッスン中を黒揚羽

原句

小春日や雀《すずめ》の遊ぶ一茶《いっさ》の碑

大阪府　金井美智子

作句意図

私の古里は新潟《にいがた》県です。野尻《のじり》湖へは友達とよく遊びに行きました。その峠の道に一茶の句碑がありました。

小さな生き物を、愛情をこめて詠んだ小林《こばやし》一茶。〈雀の子そこのけそこのけ御馬が通る〉をはじめ、雀を詠んだ名句も思い浮かびます。「小春日」の季語に、一茶の童心を慕う作者の心が反映していますね。小さな動物や子供を詠むときに「遊ぶ」という把握は、とても多いです。この一語ですませるのではなく、対象の動きをもっと丁寧に描写したいところ。

添削例

小春日や雀が乗つて一茶の碑

原句

ゆつくりと日差しに向かふ冬の蝶《ちょう》

埼玉県　吉野敬子

作句意図

平林寺《へいりんじ》の落ち葉の中から、日差しに向かって飛び立っていく蝶が美しかったです。

わずかな日差しを求めて飛び立つ蝶には、はかない美しさがありますね。「ゆつくりと」は、冬の蝶の描写としては常識的ですので、ここは削り、かわりに平林寺という、趣のある寺の名を取り入れてみてはどうでしょう。字面から、林の枝のすきまから差し込む日のイメージが浮かびます。また、「日差しに翔《た》つ」と動きを入れてみました。

添削例

冬の蝶日差しに翔つや平林寺

取り合わせに挑戦する

〈草臥《くたび》れて宿借るころや藤の花　芭蕉〉のように、季語に別の題材を加えて一句を成すのが「取り合わせ」。新鮮な句が作りやすい方法として、古くから重視されてきました。何と何が合うかは、感覚で決めるもの。作者のセンスが問われます。

名人の添削例　松尾芭蕉の場合

○○○○○雪つむ上の夜の雨　凡兆《ぼんちょう》（添削前）

芭蕉の弟子・野沢《のざわ》凡兆は「雪つむ上の夜の雨」という中七《なかしち》下五のみを思いついたのですが、上五《かみご》に何を置くか、迷っていました。積もった雪の上にさらに冷たい雨が降ってきたという寒々しい風景を、生かすも殺すも上五次第。こういうことって、ありますよね。上五に季語を置ければまだしも楽なのですが、「雪」という季語がすでに入っているので、そういうわけにもいきません。師や仲間たちがあれこれ考えたあげくに、

下京《しもぎょう》や雪つむ上の夜の雨　（添削後）

と置いたのは芭蕉でした。「もしまさるものあらば、我二度俳諧《はいかい》をいふべからず」（『去来抄』）――これ以上の上五があれば、自分は二度と俳句のことは口にしないという程の、自信の添削でした。京都の「下京」は、上京《かみぎょう》に対して、商人や職人などが住む、庶民的な雰囲気の土地。家々の中で肩を寄せ合って雪の夜を過ごしている家族の情景が想像できる、温かみのある句になりました。叙景の句でも、どこかに人間の気配があると趣が深くなるという好例でしょう。

それにしても、芭蕉の自信には、圧倒されます。「雪つむ上の夜の雨」という風格のあるフレーズであれば、「下京」を置いても、けっして通俗に落ちることはないという確信があったのでしょう。この提案に作者の凡兆は、やや不満げな態度を示します。取り合わせる地名に納得がいかなかったのかもしれません。このように取り合わせは多分に感覚的なもので、芭蕉のように確信が持てるというのはすごいことです。通俗と高雅の間の危うい綱渡りを、見事に成し遂げた添削といえるでしょう。

原句 咲き満てる花簪《はなかんざし》やパンケーキ

作句意図……「花簪」というかわいい花を知りました。「パンケーキ」との取り合わせはどうでしょうか。

群馬県 飯野春江

「花簪」は、菊の仲間で、オーストラリア原産。おしゃれな観賞植物ですので、私は「パンケーキ」の取り合わせは面白く読みました。庭の椅子《いす》で、花壇の花簪を観賞しつつ、午後のお茶をいただいているシーンを想像します。上五は、もう少し突っ込んだ描写がほしいところ。花簪は茎が長く、揺れやすい花ですので、たとえば「揺れている」という上五を考えてみました。

添削例 揺れている花簪やパンケーキ

原句 客もなく睡《ねむ》れるピアノ猫柳

作句意図……八畳の客間にテレビとピアノがあります。以前はよく使っていたのですが子供や孫も成長し、今は娘と二人暮らし。使われなくなったピアノに、一《いち》抹《まつ》のさびしさを覚えています。猫柳は、つややかさがピアノに合うと使いました。

愛媛県 上脇和代

「猫柳」の取り合わせは、私も共感しました。川べりの家であることも想像できます。「客」というと、一般家庭なのか、コンサートホールのようなところなのか、はっきりしません。作句意図の「使われなくなった客間のピアノ」という文章を、一句の中に取り入れてみてはどうでしょう。

添削例 使はれぬ客間のピアノ猫柳

原句

娘とて剣道二段花菖蒲《はなしょうぶ》

作句意図

娘の時は、剣道部に女性はダメと言われました。孫娘は小学校の時からはじめ、二段。季語は立葵《たちあおい》でも、と迷いました。

山口県　髙山興平

男女で区別をしない新しい時代に、いきいきと生きるお孫さんの姿が、愛情をもって書けています。「娘とて」の部分の主観を抑えて、淡々と客観的に事実を並べたほうがよいでしょう。「花菖蒲」だと立派な道場で取り組んでいる感じ。「立葵」は近所の剣道教室といった雰囲気に。好みでしょうが、私は「花菖蒲」にするとより「孫娘」が輝くと思います。

添削例

孫娘剣道二段花菖蒲

原句

朔風《さくふう》を避けてさまよふ地下通路

作句意図

新宿《しんじゅく》駅からの通路、本当にわかりづらい。連れを見失いそうでした。

埼玉県　吉村喜子

私も新宿駅はよく使うのですが、通路はいまだに把握できません。ややこしいですよね。一般的な北風ではなく、「朔風」という言葉を使ったのがよかったです。新宿の現代的な街にも、「朔風」がまだ息づいているのですね。このままだと、どの程度の規模の地下通路かわからないので、「新宿地下通路」と地名を入れてはどうでしょう。広範な地下通路だということが想像され、「朔風」の季語との配合の妙味も出てきます。

添削例

朔風を避けて新宿地下通路

原句

冬日向《ひなた》窓ガラス拭《ふ》く手の軽し

作句意図

年末寒くならない内に窓ガラス拭きをすませています。お天気がよくて日差しの暖かい日を選んでいます。体も軽く、気持ちも明るく、よい習慣だと思っています。

滋賀県　小倉淑子

ガラス拭きという日常的な家事を通して季節に向き合う姿勢が素晴らしいですね。取り合わせる季語を「冬日向」ではなく「寒晴」とすると、窓ガラスの向こうにひろがる青い空が見えてきて、イメージがよりはっきりします。句末は体言止めにすると、安定感のある句になるでしょう。「かんばれ」「かろやか」と頭韻を踏むことにもなります。

添削例

寒晴や軽やかに拭く窓ガラス

原句

柿落葉《かきおちば》色よき赤を見逃せず

作句意図

柿の落葉の中にきれいな赤い葉を見つけ、栞《しおり》にしようと通り過ぎてから戻り、拾いました。今、句誌に挟んで使っています。

三重県　善道よし子

真っ赤な柿落葉に着目したことで、その鮮やかな赤さに触れた心の動きまで伝わってきました。作句意図にあるように、句誌（結社誌のことでしょう）に挟んで使っているところを詠むと、読者が頭の中で場面を想像しやすくなります。正岡子規《まさおかしき》の有名句〈柿くへば鐘が鳴るなり法隆寺《ほうりゅうじ》〉をはじめ、庶民的な柿は、俳句と相性がよいので、俳句雑誌と柿落葉は調和します。

添削例

俳句誌に挟みて赤き柿落葉

原句

三世代うつらうつらと去年今年《こぞことし》

作句意図……

テレビの音やにぎやかな声が聞こえていたのに、いつの間にか静まり返りました。

愛知県　稲垣昭子

「にぎやか」「静まり返り」と、音を通して年越しの実感を得ようとしているところがよかったです。「去年今年」は漠然とした季語なので、ここでは取り合わせとして、音の季語に変えてはどうでしょう。そう、「除夜の鐘」ですね。深夜、遠くから鐘の音が聞こえてくるということで、あたりの静かさも伝わるのではないでしょうか。なお、切れをはっきりさせるため「うつらうつらと」の「と」は切字《きれじ》「や」に変えました。

添削例

三世代うつらうつらや除夜の鐘

ふさわしい語順

俳句の言葉は、子供が遊びに使うブロックに似ています。取り外し自在、組み立て方にはいくつものバリエーションがあります。出来上がった一句がしっくりこなかったら、言葉をあれこれ入れ替えてみましょう。

名人の推敲例　中村草田男《なかむらくさたお》の場合

昭和六年の冬、大学の修学課程で行き詰り、鬱々《うつうつ》とした日々を送っていた三十歳の中村草田男は、思い立って、かつて自分が通った小学校を見に行きます。二十年ぶりに訪れた母校から飛び出してきたのは、学校帰りの子供たち。てっきり、昔の自分と同じように、黒絣《くろがすり》に足駄《あしだ》の生徒が出てくるかと思っていたのですが、実際に現れた彼らは、金ボタンをつけた黒外套《がいとう》のいでたちでした。折しも降っていた雪と合わせて、

雪は降り明治は遠くなりにけり　（推敲前）

という句が閃《ひらめ》きました。

ところが、上五の「雪は降り」に納得がいかず、案じた末に、

降る雪や明治は遠くなりにけり　（推敲後）

という句に改作しました。

「雪は降り」から「降る雪や」へ、語順を変えただけなのですが、大きな違いが生まれています。日本語では、目立たせたい語は後ろに置かれますので、「雪は降り」では「降り」のほうが目立ちます。「雪が降っていました」と、出来事を説明している印象が強くなり、日記的、報告的になります。「降る雪や」とするとどうでしょう。「雪」が目立ちます。この場合、さらに切字の「や」が添えられていますので、「雪」そのものに焦点が当てられ、空から降ってくる白い粒の映像が浮かんできます。見事な推敲です。

　ちなみにこの句は、「や」と「けり」を二つ同時に詠み込むという、作句の常識に反している句としても有名です。「雪」を具象的に見せるのが作者の狙《ねら》いなのですから、大きな問題ではありません。むしろ、時の移ろいに対する作者の深い感慨を訴えるために、「や」「けり」の併用は効果的なのです。

原句

冬の波壊されてゆく辺野古《へのこ》崎

作句意図

沖縄は米軍基地建設で、政府と対立している。沖縄の中で基地を移転しても自然は破壊される。民意は通らない悔しさがある。

沖縄県　いじゅ紀美子

私は、社会に対する思いも、どんどん俳句にしていくとよいという立場です。寒々しい「冬の波」には、作者の感情が反映されているのでしょう。この句の場合、「悔しさ」を表現するために、あえて五七五のリズムを崩してみてはどうでしょう。語順を変えて、上五中七を句またがりにしてみると、「壊されてゆく」という言葉にこめた思いが、強くなります。

添削例

壊されてゆく辺野古崎冬の波

原句

淡雪の古刹《こさつ》をつゝむ坐禅《ざぜん》会

作句意図

雪降りしきる初春の一日、坐禅堂の寒さが、修行の厳しさを伝えてくれました。

石川県　中野尚志

冬の雪では常套的ですが、春の「淡雪」であるところがよかったです。春になってもまだ雪が降るような寒さが続く中、坐禅を組んでいるということで、ひたむきさが感じられました。切字の「や」を使って、中七は切ったほうが、一句の調べが引き締まります。さらに、「古刹つゝむや」とするよりも「つゝむ古刹や」としたほうが、淡雪にまぎれずに堂々と構える古いお堂が見えてきます。

添削例

淡雪のつゝむ古刹や坐禅会

原句

老いてなほ来年またと雛《ひな》納む

作句意図

五十年経ち、色あせて傷みもある雛を孫娘のため飾りました。この年で自信はありませんが、来年も又と声をかけ、納めました。

宮城県　長倉徳之進

「老いてなほ」というところに、まだまだ生きて、子や孫たちの行く先を見届けたいという願いがこめられていますね。中七は「来年また」よりも「また来年」としたほうが、雛に話しかけている感じが出るでしょう。また、「雛納む」は、「雛納め」という名詞での言い方が一般的です。一句の動詞は少なめに、というのが原則ですし、下五は「雛納め」としましょう。

添削例

老いてなほまた来年と雛納め

原句

草刈機名のある花もなにもかも

作句意図

河川敷を草刈機がきれいにします。気持ちのいいものですが、刈られた場所に咲いていた小さな花や名のある花も、根こそぎです。淋しさも感じます。

宮城県　米内君子

心を持たない草刈機に圧倒されている感じですね。可笑しくもあり、淋しくもありと、感想が単純ではないところがよいと思います。語順としては、「草刈機」が最後に来たほうが、読後感がすっきりするのではと考えます。上五中七で「何のことだ?」と思わせて、最後の下五の「草刈機」で「なるほど!」と納得させるわけです。

添削例

なにもかも名のある花も草刈機

原句 育児書は母の日記や秋日和《あきびより》

作句意図

娘が結婚する時、私の日記の中から娘の成長の部分を書き出し、渡しました。今、娘がその日記を見ては、育児の参考にしているようです。

愛知県　平岩ひろみ

手作りの育児書、素敵ですね。爽《さわ》やかな「秋日和」の季語が、大変なことも多い子育ての日々に、明るさを加えています。「育児書は母の日記」の断定に、一瞬戸惑ってしまう読者もいるかもしれません。句の表現は、事情のわからない人にもわかりやすくするよう、心がけてください。語順を変えると解決します。

添削例 秋日和母の日記を育児書に

原句 老ひし手を包む手袋空の色

作句意図

八十四歳となりました。八十八歳夫との二人暮らしです。ケアハウスに入居して、ほぼ一年です。

神奈川県　細屋タマ江

老いた手を包んだ手袋が「空の色」だと言ったことで、空の下を歩くような心でいよう、前向きに生きようといったポジティブな気持ちが伝わってきます。「老ひし」の正しい仮名遣いは「老いし」。「老ゆ」はヤ行上二段活用ですので連用形は「老い」です（187ページ参照）。また、一句の流れとしては、色をはじめに見せたほうが、印象は鮮明になるでしょう。

添削例 空色の手袋老いし手を包む

原句

台風過窓に張り付くかまきりや

作句意図

台風の翌日、雨戸を開けると、どこから入ったのか茶色っぽいかまきりがガラス窓にぴったり張り付いて動きませんでした。

東京都　松澤永子

「台風」も「かまきり」も秋の季語で、厳密にいえば季重なりですが、私としてはそれほど気になりませんでした。むしろ、季語が複数在ることで、現実の風景らしさがあります。切字の「や」は上五や中七に置くことが一般的で、下五に「かまきりや」と置くと、あとにまだ言葉が続くような感じがして、落ち着きません。こういう場合は、語順を入れ替えるとよいでしょう。

添削例

かまきりの窓に張り付く台風過

原句

初御空《はつみそら》あふみはあふるる水ありて

作句意図

年賀状に添えたいと作句しました。一句の音調に気をつけて、豊かな琵琶湖《びわこ》を表現してみたつもりです。

滋賀県　小倉淑子

「はつみそら」「あふるる」と、ア音の韻を踏んでいることが、近江《おうみ》の水の豊かさを主題にしたこの句に、ふさわしい調べを作り出しています。最後が「ありて」と言いかけの表現であるよりは、しっかりと体言止めにしたほうが、堂々たるこの句にはふさわしいでしょう。「初御空」を最後に持ってきた上で、「や」の切字も入れつつ、表現を整えてみました。

添削例

あはうみのあふるる水や初御空

原句 初日記指のかたさもほぐれけり

作句意図

気持ち新たに書き始めましたが、少し緊張気味で、指に力が入ってしまいます。書いていく途中で、少しずつふだんと同じに戻りました。

群馬県 豊田 均

初日記にのぞむ緊張感が「指のかたさ」という具体的な物を通して表されています。語順が「初日記」からはじまると、散文的な印象になります。この季語は、句末に持ってきてはどうでしょう。言葉が出てくる順番によって、俳句の印象は大きく変わります。

添削例 ほぐれゆく指のかたさや初日記

原句 着ぶくれて宇宙ステーション仰ぎ見る

作句意図

南の空に宇宙ステーション「きぼう」が見えました。前日には「はやぶさ2」のニュースもあり、夢のひろがる夜空でした。

熊本県 佐澤俊子

「着ぶくれて外に出て、宇宙ステーションを仰ぎ見た」という、文章と同じ順番で言葉が並ぶと、散文的な印象になってしまうのです。中七が字余りになってリズムが滞っているのを解消しつつ、言葉の出てくる順番を、散文的思考とは異なるように並べました。「や」の切字が古臭く感じるようでしたら、「仰げる」として「や」を使わない選択肢もあり得ます。

添削例 着ぶくれて仰ぐや宇宙ステーション

原句　墓参してコロナ禍終息願ひたり

作句意図……春彼岸も間近になりましたが、コロナ禍もいっこうにおさまらず、少しでも早く終息してほしいと思います。

千葉県　加茂千枝

語順が「墓参をしてコロナ禍の終息を願った」という散文と同じなので、韻文としての印象を強めたいところ。言葉の順序を入れ替えてみたのが、添削例です。言っている意味は同じでも、ふつうとは違う語順にすると、印象は大きく変わりますね。ちなみに春のお彼岸の墓参で詠んだとのことですが、俳句では「墓参」は盆の行事として墓参をすること。ですからこの句も、秋の句となります。

添削例　コロナ禍の終息願ふ墓参かな

原句　梅見茶屋に色の褪《あ》せたる暖簾《のれん》かな

作句意図……二月半ば、梅林を訪れました。期間限定の梅見茶屋が開いていました。色褪せた暖簾がかかり、相当古い店でしたが、おいしい甘酒をいただきました。

大阪府　井上浩世

色の褪せた暖簾という、具体的な「もの」を出したことで、梅見茶屋の雰囲気がよく伝わります。俳句は、映像の見せ方が胆になります。語順を変えると、カメラワークが滑らかになります。まずは暖簾という「もの」に、カメラを寄せましょう。そこから今度は引きになり、「梅見茶屋」を見せるわけです。

添削例　色褪せし暖簾かかりぬ梅見茶屋

原句 テスト終え映画館に行く麦の秋

作句意図

高校生の時。一学期中間テストを終え、ほっと一息つく。町の映画館に自転車で行く。麦の刈り入れ時期である。

愛知県　桑名満洲雄

「麦の秋」で、一句の舞台が農村であることが示されています。また、テストから解放された心情もこの季語に託されていますね。「映画館に行く」の部分が字余りになっていて、全体に散文的な印象があるので、語順を入れ替えつつ、すっきりさせてみました。

添削例 麦秋やテスト終わりて映画観に

原句 熊蟬《くまぜみ》の弾丸の如《ごと》飛び出せり

作句意図

小さい頃、よく蟬取りをしました。熊蟬は羽が透明なので枝から飛び出す時、黒い胴体だけ見えます。その様子を句にしました。

東京都　田中祥治

熊蟬が飛び出してきて、ビックリする表情が、「弾丸の如」の比喩《ひゆ》で見えてきます。五七五のリズムにぴったりと言葉があてはめられているのですが、内容からして、むしろ調べがどこかで停滞するほうが、驚きもより伝わるのではないでしょうか。そこで、語順を変えてみました。「弾丸の如」というインパクトのある言葉をはじめに持ってきて、読者の心をつかもうという戦略です。

添削例 弾丸の如熊蟬の飛び出せり

原句

刻まれし名をなぞる指雨の秋

作句意図……

震災から十年を過ぎました。雨の日に若い男の人が、石碑の文字をなぞりながら佇《たたず》んでいました。

宮城県　米内君子

胸を打つ眺めですね。「なぞる指」と、その人の動きに着目して、内面をあえて言葉にしなかったのが潔いです。見たままを描けば、おのずとその人の思いも伝わるものです。下五の「雨の秋」は凝った表現ですが、すっきりと「秋の雨」でよいのではないでしょうか。添削例では語順を変えて、「秋雨や」として上五に持ってきました。

添削例

秋雨や刻まれし名をなぞる指

原句

賀状書く一字一句を筆を以《も》て

作句意図……

毛筆の賀状を頑固に続けています。パソコンが今ほど普及していなかった頃は、「私パソコンできるんだよ」と自慢するごとく、パソコンで作っていましたが、今はいただく賀状も毛筆あるいは手書きのものに親しさを感じます。

静岡県　杉山美恵子

「一字一句」「筆を以て」という漢文調に、きびきびとした筆づかいが感じられました。語順を入れ替えてみてはどうでしょう。最後に「賀状書く」を持ってくると、筆で書いているのが年賀状であると最後にわかる構成になり、手品の種明かしではありませんが、快い読後感をもたらします。

添削例

筆を以て一字一句や賀状書く

原句 風ぬるし明日は立春外掃除

作句意図……

立春に備えて玄関先を掃いている時、ふと風をいつもと違いあたたかく感じました。春を感じた瞬間を俳句にしたいと思い、作りました。

三重県 中川理恵子

外を掃除しているときに立春を感じたというのが自然体でよいですね。「風ぬるし」は、「立春」の季語から読者が感じてくれるので省き、風を感じたのが「玄関先」であるという場面を示しましょう。

添削例 立春や玄関先の掃き掃除

原句 初詣《はつもうで》祝詞《のりと》朗々胸中に

作句意図……

初詣をし、神主さんに祝詞をあげていただきました。声が朗々としていて、心の中までしみ渡りました。

岡山県 三宅政子

「朗々」にめでたさがあふれていますね。このままでも出来ていますが、「朗々」を上五に持ってきて「朗々たる」と字余りにしてみると、より厳粛な雰囲気が際立つかと思います。

添削例 朗々たる祝詞沁むるや初詣

第五章

瞬間を切り取る

過去や未来の凝縮された一瞬

俳句には動詞が少なく、短歌には多いという傾向があります。短い俳句では、時間の経過とともに変化する風景や行動を、詠《よ》みづらいからです。評論家の山本健吉《やまもとけんきち》は、俳句の特徴として「時間性の抹消」（『挨拶《あいさつ》と滑稽《こっけい》』）をあげました。たしかに、古今の名句の中には、一瞬を切り取ったものが多いのです。動いているものでも、映像の再生にストップをかけるように、止まっているものとして表現します。次の句はその典型でしょう。

道のべの木槿《むくげ》は馬に食はれけり　芭蕉《ばしょう》

自分の乗っていた馬が、いきなりぱくりと道のわきの木槿を食べてしまった、その瞬間を切り取っています。

大空に羽子の白妙とどまれり　高浜虚子《たかはまきょし》

打ち上げられた羽子を、大空で一瞬静止させ、その瞬間を捉《とら》えています。そのために、空の青さと、羽飾りの白さの対比が、ぴたりと決まりました。

面白いのは、このように瞬間を切り取ることで、かえって、あせらないのどかな旅の過程や、はなやかなお正月の一日が、ちゃんと想像できることです。より正確に言えば、俳句とは瞬間を切り取ることで、そこには書かれていない過去や未来を余白として感じさせる形式といえるでしょう。

もちろん、俳句に時間の流れがまったく詠めないわけではありません。

遅き日の積もりて遠き昔かな　蕪村《ぶそん》

湯豆腐やいのちのはてのうすあかり　久保田万太郎《くぼたまんたろう》

千万年後の恋人へダリヤ剪《き》る　三橋鷹女《みつはしたかじょ》

与謝《よさ》蕪村は、今までに経験してきた春の遅日の向こうに、おだやかで幸せだった幼少期を思い出しています。万太郎は、人生の悲喜こもごもをなつかしみながら、湯豆腐をいただいている今の淡々とした暮らしをかみしめています。鷹女は、ダリヤを剪りながら、これを贈るべき人を思い、はるかな来世に心を遊ばせています。このように端的な表現によって、時間を詠み込むことも可能なのです。

一瞬の映像を詠む

私たちの日常では、たとえば「帽子が風で飛んでいった」というように、原因と結果を丁寧に説明をするのがふつうです。俳句では、ただ「帽子がぽつんと芝生の上にある」と結果を示すだけでよいのです。

名人の推敲《すいこう》例　芥川《あくたが》龍《わりゅう》之《の》介《すけ》の場合

芥川龍之介の繊細な言語感覚は、句の推敲過程にも見て取れます。

朝寒や鬼灯《ほおずき》のこる草の中　（推敲前）

秋も終わりに近づき、朝寒の頃になっても、鬼灯が草の中にあかあかと残っています。鬼灯は秋のはじまりに色づきますので、それが朝寒の頃まで残っていたことに、芥川は心を動かされたのでしょう。この句は、いくつかの手紙の中に書かれていて、「のこる」にするか「垂るゝ」にするか、迷っていたようです。句集におさめたときには、

朝寒や鬼灯垂るゝ草の中　（推敲後）

という形になっていました。「のこる」が差し替えられた理由を類推してみます。

「のこる」ですと、「朝寒の頃にまで鬼灯が枯れずに残っていた」という内容がわかりやすくなりますが、意図がわかりやすい分、やや説明的な印象を受けます。「残る」という動詞には、時間の流れが含まれているので、それが出来事を説明している印象を与えてしまうのです。「垂るゝ」だと、草の中に鬼灯が垂れているというだけで、いままさに眼前にあるもののみを捉えています。もう間もなく冬の寒さがやってきて、鬼灯も枯れてしまうであろうことまで予感させ、哀れが出ます。「朝寒」という季語から、「鬼灯」が時季としてずれていることはおのずから読み取れますので、じつは「残る」は不要なのです。芥川は読者を信頼して、あえて意図を説明することをやめたわけです。

海外に俳句を紹介した英文学者のR・H・ブライスは、瞬間を切り取ることに俳句の特徴があるとして、「俳句的瞬間（ハイク・モーメント）」という言葉でそれを説明しました（星野《ほしの》恒彦《つねひこ》『俳句とハイクの世界』）。いま、目の前にどんな風景があるのか。現在を述べ、過去や未来を読者に想像させるとき、俳句の形式はもっとも輝きます。

原句 ストーブを囲みゐたりし読書会

作句意図

月一回、読書会に参加しています。まだ日も浅く、なかなか意見は出せないのですが、みなさんよく勉強されているなと感心しています。

広島県　西原久子

ストーブを囲んでいるということで、少人数の読書会であることがわかりますね。地元の仲間や友人同士の、気の置けない読書会の雰囲気《ふんいき》が彷彿《ほうふつ》とします。「囲みゐたりし」の「し」は、過去の助動詞「き」の連体形です。このままだと昔、そういう読書会があった、という内容になってしまいます。現在のこととして表現しましょう。

添削例 ストーブを囲みて読書会続く

原句 遠足の声上り来て電車待つ

作句意図

ホームで電車を待っていると、にぎやかな声とともに、遠足に行く子供たちが上がってきました。やがて静かに座って電車を待っている様子。ホームは屋上にあります。

大阪府　三好紀夫

子供たちが、電車を待っているときだけは、ふしぎと静かになるというのは、興味深い眺めですね。にぎやかさから静かさへの変化が、いまひとつ伝わってこないのが惜しまれます。高いところにあるホームに「上って」きたというのも確かに面白いのですが、動から静への変化のほうを前面に出しましょう。

添削例 遠足の声しづまりて電車待つ

原句 ままごとの主食はいつも木の葉かな

千葉県　佐藤豊子

作句意図

近所のぶどう棚の下で、ままごとをしている女の子たち。季節によってメニューは変わりますが、主食はいつも木の葉のようです。

子供たちのままごとに目を留めて、優しい視線の感じられる一句です。何の葉っぱを遊びに使っているのかは、はっきりさせたほうがよいです。「ぶどう棚の下」という場所に基づいて、ぶどうの枯れ葉を使っていることにしてはどうでしょう。俳句は過ぎ行く季節の記憶をとどめるもの。「いつも」だと季節感がなくなってしまうので、「ぶどうの枯れ葉」として、季節感を出しましょう。

添削例 ままごとの主食ぶどうの枯れ葉なる

原句 秋の陽や記憶の隅のこのカメオ

滋賀県　小倉淑子

作句意図

若い頃の思い出のカメオを久しぶりに出してみました。今度出かける時につけてみようかなと思っています。

瑪瑙《めのう》や貝殻でできたカメオは、秋の穏やかな日差しに映えますね。思い出に浸っているだけではなく、カメオをつけていままさに出かけている場面を切り取りたいです。「記憶の隅のこのカメオ」は「思ひ出のカメオ」として、端的に。「この」とか「あの」の強調は、実物を知らない読者にはあまり響きません。

添削例 思ひ出のカメオをつけて秋の昼

原句

珈琲《コーヒー》と煙草《たばこ》持込み冬至風呂

作句意図

実家から送ってきた柚子《ゆず》を風呂に入れる。少し開けた窓からの冷気が心地よい。

和歌山県　玉井瑞穂

「珈琲」「煙草」がとても具体的でよかったです。行事を自分なりにアレンジして、人生を前向きに楽しんでおられるのだろうなあと、作者のお人柄まで想像されます。「持込み」がいささか説明的なのは気になりました。持ち込んだあとの、冬至風呂で珈琲と煙草とを味わっているところを切り取りたい。おそらく、珈琲と煙草は、浴槽の縁《へり》に置いているのではないでしょうか？　そこを場面として切り取ってみました。

添削例

珈琲と煙草を縁に冬至風呂

原句

船頭を艫《とも》に残して炬燵《こたつ》船

作句意図

松江《まつえ》城堀川遊覧船の冬の名物・炬燵船に乗りましたが、船頭さんは炬燵に入ることは勿論《もちろん》、屋根のない艫にて操縦しておられ、寒そうでした。

島根県　野津理恵

炬燵船の船頭さんの寒さに心を寄せたのはよかったです。原句の場合、「残して」とすると、船から降りる場面にも思えてしまいます。作句意図の中にある、「屋根のない艫にて」という文章を生かしてはどうでしょう。「屋根なき」と言うと、船客の上には屋根が張られていることがイメージされます。

添削例

船頭は屋根なき艫に炬燵船

原句

筍《たけのこ》の伸びて観察グラフ終ふ

兵庫県　武本敬子

作句意図

筍が土よりのぞき、孫たちと毎日成長のグラフをつけることにしました。用意したグラフ用紙はすぐいっぱいとなりました。

「観察グラフ」という言い方は、一般的ではないのでしょう。しかし、子供が勉強で付けているグラフだろうと想像でき、この句においては有効な表現といえます。グラフ用紙がいっぱいになったことを書きたいということでしたが、やはりこれからどんどん伸びていくところに、筍の筍らしさはあります。開始の時点を詠んでみてはどうでしょうか。

添削例

筍や観察グラフ付け始む

原句

遠き日の亡母《はは》の冷汁まねてみる

佐賀県　中嶋清子

作句意図

暑い日が続く、老夫婦の夕食。考えた末に、亡き母の冷やし汁に決まりました。

母の味をきちんと受け継いでいる作者の、母への思慕の思いが読み取れます。「遠き日」からはじまると、どうしても句が甘くなってしまいます。読者は、作者の思い出話にはさほど関心はありません。作者がいま、どんな暮らしをしているのかを、作品を通して知りたいものなのです。いまの作者の生活をもっと丁寧に書いてみるとよいでしょう。作句意図に「夫婦」とありますので、夫婦の情景を書いてみました。

添削例

亡き母の冷汁まねて夫へ出す

原句

雛《ひな》の部屋母の作りし藤娘

作句意図……

二十年前に亡くなった母は日本人形を作るのが趣味でした。髪を結い、ポーズを作り、小物も着物もすべて手作り。今も私の家で私を見守ってくれています。感謝をこめて詠みました。

群馬県 大島知子

お母様の作った人形を、いまも大事に持っているという内容に、心を打たれます。「藤娘」という具体性がいいですね。季語は「雛の日」として、時間的な広がりを持たせてはどうでしょう。三月三日の一日を、母を偲《しの》ぶために過ごすというニュアンスになります。

添削例

雛の日や母の作りし藤娘

原句

廃校の中庭埋めし桐の花

作句意図……

母校の小学校が廃校になってしまいました。当時、小さな中庭に、大きな一本の桐の木があり、今頃は庭いっぱいに花を咲かせていたなあと思い出しました。

福井県 定 啓子

廃校に桐の花の咲くイメージが空しくも美しいので、いままさに目の前で咲いていることにしましょう。「埋めし」まで言うと、作者がすべて言いたいことを言ってしまって、読者の想像の余地がなくなってしまいます。作句意図にある、中庭の小ささのみを表すのでじゅうぶんでしょう。音数合わせに「小さき」は「ちさき」と読ませます。

添削例

廃校の小さき中庭桐の花

第六章

余韻を残す

幸福な共同制作

俳句には書かれていないことが多くあり、そこを埋めることが、読者にとっては楽しみとなります。作者がすべてを言わないで、読者が補う。作者と読者の共同制作の文芸といえるでしょう。

読者のほうが、作者が考えていた以上に、句を面白く解釈することもあります。

岩鼻やここにもひとり月の客　**去来《きょらい》**

この句について直接書かれていないことは、「岩鼻に乗って月を見ている『月の客』とはだれか？」「『ここにもひとり』と呼びかけている相手はだれか？」ということです。作者の向《むか》井《い》去来は、「月の客」とは、たまたま見かけたどこかの風流人であり、「ここにもひとり」と呼びかけているのは、作者である去来自身が、その風流人に向かって「私も月の美しさに魅入られた者ですよ、同じですね」と心の中で呼びかけている、というつもりで作りました。ところが師の松《まつ》尾《お》芭《ば》蕉《しょう》は、それでは面白くないといって、自分の解釈を示します。それによると、あやうい岩鼻にのぼって月を賞玩している「月の客」

とは作者自身のことにして、「ここにもひとり」とは作者が月に向かって「あなたの美しさに魅入られたものがここにもひとりいますよ」と呼びかけている、としたほうがよいというのです。たしかに、そのように解釈したほうが、月の美しさの虜《とりこ》になっている作者の生き方や人物像にまで想像が及び、深みが出ます。

　これは、共同制作がうまくいった幸福な例ですが、俳句独自の約束事である切れや省略は、それをわかっているものでないとわかりにくいので、誤読を生んでしまうことも。萩原朔太郎《はぎはらさくたろう》の書いた『郷愁の詩人　与謝蕪村《よさぶそん》』は、詩人としての感性がいかんなく発揮された清新な蕪村論ですが、ところどころで勘違いも見受けられます。たとえば、

春の夜や盥《たらい》を捨る町はづれ　　蕪村

の句について朔太郎は、裏町のどぶ川に女が来て、盥を捨てていった、と鑑賞していますが、これは盥そのものを捨てたわけではなく、中に入れていた汚水を捨てたわけです。俳句独自の、大胆な省略表現です。切れや省略は、それをわかっているものでないとわかりにくいので、名句秀句について専門の俳人や評論家の書いた評論や鑑賞を読み、「幸福な共同制作」の例を参考にするとよいでしょう。

自分を主役に

「私は一句の主人公は常に『われ』でなければならないと考へてゐる」（『俳句哀歓』）とは石田《いしだ》波郷《はきょう》の言葉。傍観者でいるよりも、常に主体的に句の中で活動する主人公でいるほうが、読者も感情移入しやすいのです。

名人の推敲《すいこう》例　小《こ》林《ばやし》一《いっ》茶《さ》の場合

一茶は、親族と父の遺産を巡る骨肉の争いを繰り広げたり、ようやく授かった子供を幼くして亡くしたりと、苦労の多い人生を送った人。独特の陰翳《いんえい》と滋味深さを備えた作品は、その来歴に由来するのでしょう。次の句はその典型です。

雀《すずめ》の子そこのけそこのけ御馬が通る

（推敲後）

子すずめに向かって「お馬さんが通るから危ないよ、そこをどきなさい」と呼びかけている作者。「御馬」とあるので、これは大名家の馬。現代ふうに言えば、高級車がやってきたので、「轢《ひ》かれないようにね」と注意を促す感じでしょうか。弱き者が強き者に虐げられることを見過ごしにはできない作者の、恵まれない境遇も匂《にお》わせています。

一茶は、前に作った自分の句を何度も直したり、同じような内容の句を作ったりしています。自分のアイデアを、もっとも的確に表現するために、粘り強く自作に取り組んだのです。この句は、もともとは、

それ馬が馬がとやいふ親雀　（推敲前）

という句でした（参照：玉《たま》城《き》司《つかさ》訳注『一茶句集』）。親のすずめが、子のすずめに向かって、「ほら、馬がくるよ」と知らせているというのです。こちらの句では、作者は、あくまですずめたちを観察する立場にすぎません。もちろん、しゃべらないすずめの胸の内を慮《おもんぱか》って、親が子に馬への注意を促していると見たのは作者なのですが、情景への気持ちののり方は、やはり作者自身が登場したほうが強くなります。

俳句は客観性を重んじる形式ですが、客観的であることと、傍観者的であることは異なります。作者もまた、登場人物のひとりとして、作品世界に参加することで、気持ちが深くこもった句になります。

原句 ハイリゲンシュタットに田園生《あ》れし春

作句意図……ハイリゲンシュタットに昔訪れたときの光景を記念に残しておきたいです。

鹿児島県 和田明子

ウィーンの郊外、ハイリゲンシュタット。ベートーベンが交響曲第六番「田園」の着想を得たといわれる小川の道で知られています。わかる人にはわかりますから、「田園生れし」は省略しましょう。それよりも、そこに確かに来たんだという感動を残しておきたいところ。上田五千石《うえだごせんごく》は、俳句における「いま」「ここ」「われ」を重んじました。この地を踏み、ベートーベンを偲《しの》んだ作者自身を、一句の中にしっかり立たせましょう。

添削例 我も来しハイリゲンシュタットの春

原句 霜だたみ砕けて一歩今日も旅

作句意図……旅好きの友は今日も、寒さもものともせず街道を歩いていると想像しています。

東京都 阿部静子

「砕けて」の部分ですが、「砕ける」の自動詞がよいか、「砕く」の他動詞がよいか、一考の余地はあります。「砕ける」では傍観者的な視点で、いまひとつ迫力が出ません。はつらつと旅を重ねている積極性を表すためには、「砕く」のほうが適当ではないでしょうか。「砕けて一歩」を「砕く一歩」とすると一文字分余計に使うことができ、ここに「や」の切字《きれじ》を入れることができる効果も大きいです。

添削例 霜だたみ砕く一歩や今日も旅

原句

稀勢《きせ》敗れ静まる土俵寒木立

作句意図
大相撲《おおずもう》初場所。稀勢の里が最後にとった相撲で敗れた後の場内を詠《よ》みました。

東京都　野々市純彦

「寒木立」は、横綱の連敗に呆然《ぼうぜん》とする観客たちのことを比喩《ひゆ》的に詠んだのでしょうか。国技館の外の木々のことにして、稀勢の里がまた敗れたショックを詠むと、面白くなりそうです。俳句の主人公は、あくまで自分であることを、意識してください。稀勢の里が敗れたあと、「寒木立」の道を通って帰ったとすると、作者自身が主人公になります。「贔屓《ひいき》力士」と一般化して、普遍的な句としたほうがよいでしょう。

添削例

寒木立贔屓力士の連敗す

原句

麦秋《ばくしゅう》や己れ鼓舞する野辺の風

作句意図
野辺を散歩していると、緑の深さに心をうばわれて、夏の気配を感じた。

埼玉県　長野洋子

いちめんの麦畑をわたっていく風。その中に立って、自分自身を鼓舞しているというのは、静かでしかも確かな意思を感じます。「麦秋」が出てきて、最後に「野辺」があると、作者はいまどこにいるのだろうと戸惑います。おそらくは麦畑も野も見えるという、広々とした景の中にいるのだと思いますが、句にする場合は、絞りたいのです。「麦秋」に合わせて、麦畑の中を歩いているということにしてはどうでしょう。

添削例

麦秋や己れ鼓舞する風の中

原句 何してもちぐはぐな日よ暑さぼけ

作句意図……今日は何をしてもよかれと思ったことが裏目に出て、不愉快な思いをする。もやもやした気分を「暑さぼけ」で表したかった。

奈良県　和佐佐代子

「暑さぼけ」が、作品としては予定調和になってしまいます。こういう句の場合は、作者が何をしているのか、場面が見えてくると効果的です。たとえば「水を打つ」とすると、夕方水を打ちながら、うまくいかなかった一日をふりかえってため息をついている場面が思い浮かんできませんか。打ち水をしながらも、通りがかりの人に掛けてしまったりと、「ちぐはぐ」が続いているかも……。

添削例 何してもちぐはぐな日よ水を打つ

原句 菜の花や犬のリードの長く伸び

作句意図……春めいた野原をひとり散歩した。色とりどりの花、鳥の声。とても感動し、亡き犬が散歩が大好きだった理由も分かった。

愛知県　矢野敬和

「犬のリードの長く伸び」は、犬が先へ行こうとぐんぐん引っ張っている感じですね。実際はそうだったと思うのですが、ここは句の作者が犬を自由にしてやった、としてはどうでしょう。作者自身が主体的に行動したという内容にしたほうが、読者も句に気持ちをのせやすいと思うのです。添削例では、犬がよりのびのび歩けるよう、リードを長くしてやったというふうに変えました。

添削例 菜の花や犬のリードを長く取り

原句

客に告ぐ閉店時間月冴ゆる

愛知県　伊藤米子

作句意図……

コロナ禍で飲食街の風景も変わりつつあります。若いころには、飲み会帰りの月の冴えが気持ちよかったものです。

寒月の風景の中で使ったことで、「閉店時間」という、あまり詩的ではない言葉にも侘《わ》びた情趣が宿りました。「客に告ぐ」と言うと、店側の立場になりますよね。「告げられし」として、客側の立場から書いてみてはどうでしょう。昨今の時世からすると、「月冴ゆる」は不安感の表現ということになるでしょうね。「月冴ゆる」をどう読むかは、読者に委ねればよいでしょう。

添削例

告げられし閉店時間月冴ゆる

原句

永き日やナビも知らざる道楽し

熊本県　佐澤俊子

作句意図……

高《たか》千《ち》穂《ほ》線の廃線跡の散策道を娘と歩きました。その帰り「道があるからどこかに出るよ！」と誘われ、細い渓谷沿いを車で走りました。

ナビゲーションどおりに道を進むよりも、ちょっと外れたほうが楽しい——そこには、作者の人生観も思われます。「永き日」の季語に、余裕あるバカンスの気分が出ています。「楽し」と、はっきり感情を表す言葉を、なるべく抑えたほうが、かえって感情が伝わります。添削例では、みずから進んでいったのだという積極性を表すために「選ぶ」という動詞を入れてみました。

添削例

永き日やナビも知らざる道選ぶ

原句 うつすらと淡路《あわじ》の見えて日永かな

作句意図

職場は八階なので、はるか西に淡路島が見える。年度変わりに、遠くへ、淡路へ、逃げてしまいたい時がある。

和歌山県　平松紀彦

遠望する淡路島の感じが、「日永」の気分を高めますね。作句意図に書かれていた、職場から淡路島が見えたのだという背景を生かしてはどうでしょう。どういうお仕事かは存じ上げないのですが、添削例では仮に「事務所」としておきました。仕事で心をすり減らしながらも、淡路島の風土と歴史にしばし心を遊ばせる感じが、出たでしょうか。

添削例 淡路島みゆる事務所の日永かな

原句 天の川棺《ひつぎ》の窓の閉まりたる

作句意図

大好きだった父が亡くなり、五年がたちます。今も天の川を見上げれば父の顔が浮かびます。私も遠からず、父のもとへ。

神奈川県　野田景子

抑えた筆致の中にも、御父上への思慕の念がしっかりと伝わってきます。棺の窓を閉めたのは、その場にいた葬儀担当者の方だったのだと思いますが、「閉めにけり」として、自分が閉めたことにしました。出来事の当事者として自分を出したほうが、読者も感情を重ねやすくなります。

添削例 天の川棺の窓を閉めにけり

原句　いつのまに夏雲広く立ち上がり

作句意図

ショッピングに外出するときはせわしくバス停に向かいます。ふっと空を見上げたときに、夏の雲が空にひろがっているのを見たときのことです。

神奈川県　井上　順

「いつのまに」というところに、たちまちのうちに育つ夏の雲らしい特徴が捉《とら》えられています。「夏の雲」のことだけを詠むよりも、それがショッピング中だったという作者の状況も、一緒に詠み込んではどうでしょう。自然の営みと、人の営み。その両方を詠み込むと、句の抱えこむものが大きくなります。

添削例　いつのまに夏雲広しショッピング

原句　鉛筆の芯《しん》のとがりや受験生

作句意図

中学入試の監督の経験を詠みました。机上には受験票、そして鉛筆を五、六本並べて待機しています。予備の鉛筆の多さ、長さ、芯の尖《とが》りに、気迫と緊張を感じました。

兵庫県　阪上智子

子供たちの気迫と緊張を、鉛筆の「多さ」「長さ」「芯の尖り」という目に見える「もの」に即して表しているのがよかったです。原句の「とがり」を、「とがらす」と主体的な表現にするとより感情がこめられます。「鉛筆を四五本並べ受験生」「鉛筆の長きを並べ受験生」などと、「多さ」「長さ」からの切り口で作るのもよいでしょう。

添削例　鉛筆の芯とがらすや受験生

手離す言葉

作者がすべて言ってしまうのではなく、読者が想像する余地を残しましょう。「言ひおほせて何かある」（『去来抄《きょらいしょう》』）、すなわち「すべて言い尽くしたとしてそれが何になるのか」という松尾芭蕉の言葉は、今も古びてはいません。

名人の添削例　久保田万太郎《くぼたまんたろう》の場合

安住敦《あずみあつし》の句の添削から、省略ということを学びましょう。万太郎は、

啄木忌《たくぼくき》いくたび職を替へても貧　安住敦（添削前）

という弟子の敦の句を、

啄木忌いくたび職を替へてもや　（添削後）

と添削しました（『自選自解　安住敦句集』）。一句の最後に詠嘆を表す間投助詞「や」を切

字として置いて、表現を途中で切ったわけです。

啄木の忌日は、四月十三日。その日に、自分も啄木と同じように職を転々として、報われないことを嘆いていたのです。「貧」は、敦のもっとも言いたかったところでしょう。しかし、「啄木忌」という季語と、「いくたび職を替へても」という述懐があれば、読者はおのずから作者の困窮ぶりが想像できます。「貧」まで言ってしまうのは、作者が出張りすぎているわけです。

万太郎は、省略に長《た》けた俳人でした。「俳句は余技」というスタンスを崩さないで、戯曲、小説、随筆などの散文を本業にしていた万太郎は、俳句で無理をして複雑な事情や感情を述べたりする必要を感じなかったのでしょう。

代表句の〈湯豆腐やいのちのはてのうすあかり〉の背景には、晩年に同棲《どうせい》していた女性の突然の死があったのですが、そうした事情を少しも書きこむことなく、悲しみの生活の中から、湯豆腐のまわりのぼんやりとした光だけを抜き出しました。そのことで普遍的な句になり得たのです。

名人の添削例　高浜虚子《たかはまきょし》の場合

「ホトトギス」雑詠欄に投稿された弟子の句の添削を、娘・星野立子《ほしのたつこ》の雑誌「玉藻《たまも》」に掲載した中からの引用です。

虫も聞かで映画の話ばかりする　三宅清三郎《みやけせいざぶろう》（添削前）

せっかく外から風流な虫の声が聞こえているというのに、好きな映画について語っていて、気づいてもいないようだ、というのです。こういう人っていますよね。相手は熱っぽく語ってはいるのだけれど、こちらとしてはいまいち気がのらない。虫の声でも聞いていたほうがずっとましだ、と言わんばかりです。ただ、「映画の話」であって、「投資の話」だとか「博打《ばくち》の話」ではないだけ、まだこの相手には、好感がもてます。話にはうんざりしながらも、芸術を愛するこの人物には親しみを覚えているのでしょう。

さて、虚子はこの句を、次のように直しました。

虫ないて映画の話ばかりする　（添削後）

ずいぶん、素っ気なくなりました。虫が鳴いています、映画の話ばかりしています……それだけを言っているのです。「鳴いているのに聞かない」という、いちばん面白い部分を取ってしまったのです。そこが、虚子の添削のすごいところ。「虫も聞かで」は、いいところを作者が言ってしまって、読者はただそれを受け取るだけ。「虫ないて」とすると、「ああ、鳴いているのにきっとこの人は聞いていないんだろうな」と読者が想像で埋めることになります。虚子は若いころに、ライバルであった河東《かわひがし》碧梧桐《へきごとう》が作った俳句を、厳しく批判したことがありました。温泉地に取材した〈温泉《ゆ》の宿に馬の子飼へり蠅《はえ》の声　碧梧桐〉という句を、〈温泉の宿に馬の子飼へり合歓《ねむ》の花〉あるいは〈温泉の宿や厩《うまや》もありて蠅多し〉としたほうがよいというのです。虚子は添削後の句を、「単純なのろい句」と言っていますが、これは肯定的な意味。碧梧桐の句は、見たものをあれこれ並べてゴチャゴチャしています。虚子は、素っ気ないくらいのほうが俳句として優れていると考えたのです。

名人の添削例　松尾芭蕉の場合

「翁直しの歌仙」を取り上げつつ、添削を紹介します。

『おくのほそ道』の旅で山中温泉を訪ねた芭蕉一行。ここで、病を得た河合曾良《かわいそら》が先行することになり、別れを惜しんで仲間内で連句を巻くことになりました。連句は、五七五、七七、五七五……と順番に句を連ねていく、共同制作の文芸。ここで作られたのは芭蕉、曾良に加え、地元の俳人・立花北枝《たちばなほくし》も加わった三人での「三吟」で、芭蕉の斧《ふ》正《せい》について、北枝が書き残しています。

月よしと角力《すもう》に袴《はかま》踏み脱ぎて　翁
鞘走《さやばし》りしを友の止めけり　北枝

芭蕉（翁）の句は、月見酒で酔っぱらった男たちが、角力で力比べしようと意気込み、荒っぽく袴を脱ぎ捨てているという内容です。北枝は彼らを荒武者たちと見て、袴を脱いだはずみに腰の鞘から誤って滑り出た刀身を、かたわらにいた仲間がはっしと止めた、という句を付けました。この付句について芭蕉は「『友』の字、重しとて、『やがて』と直る」と添削したといいます。つまり「友の止めけり」を「やがて止めけり」としたわけですね。古語の「やがて」は、「たちまち」という意味です。

「角力」とありますから、その場に複数の人間がいたことは明らかなので、「友」というのは表現の無駄。句が重くなってしまいます。みなさんの句にも、「言わずもがな」の言葉、入っていませんか？

なお、このあとにはさらに〈青淵に獺《うそ》の飛び込む水の音〉と曾良が付けていますが、これについても芭蕉は上五《かみご》を一度「二、三疋《びき》」と直したのですが、結局もとに戻したそうです。飛びこんだカワウソの数を示せばより具体的になりますが、それは読者の想像に委ねたほうがよいという判断だったのでしょう。そういえば芭蕉自身の句〈古池や蛙飛びこむ水の音〉でも、飛びこんだカエルは一匹であるのか複数であるか、解釈が分かれますが、そうした解釈のブレもまた句の魅力になっているのです。

原句　**難問の解けてのど越す心太《ところてん》**

作句意図……………………

学生時代のこと。夏休みの宿題の数学の問題がやっと解けたあとのおやつに食べた心太のおいしかったこと！

兵庫県　植松房子

「心太」という季語の捉え方としてユニークです。ごちゃごちゃした難問と、なめらかな心太の対比が生きていますね。「のど越す」は「心太」の説明になってしまっていますので、省略しましょう。句だけでは、どういった類の「難問」であるのかわからないので、作句意図にある「数学の難問」であることを、はっきり示しましょう。

添削例　**数学の難問解けて心太**

原句　**夕闇《ゆうやみ》の底流れゆく残り鴨《がも》**

作句意図……………………

肌寒い夕暮れ時の散歩の途中、橋の上から川を見下ろした。そこに、北に帰らず残っている一羽の鴨が、流れに身を委ねて流れていた。その様は、暮れゆく情景の中で寂しそうだった。

福岡県　鳥井展石

情景を通して、残り鴨の哀れが伝わってくる句でした。「流れゆく」の部分には確かに哀れがあるのですが、ここは省略して、鴨の背景となる夕景をはっきり見せたい。作句意図の中に「橋の上から川を見下ろした」とありますので、橋がかかっていたことを言ってはどうでしょう。

添削例　**夕闇の底に橋あり残り鴨**

原句

宍道湖《しんじこ》の水面を叩《たた》く白雨《はくう》かな

作句意図……

下五《しもご》を「夕立」にするか「白雨」にするか迷いました。美術館に面した宍道湖が、大雨で何も見えぬくらい白いモヤのようになったので、白雨を選びました。

鳥取県　田後直子

ふだんは穏やかな宍道湖に、荒々しい白雨が来たという情景に惹《ひ》かれます。ただ「水面を叩く」は「白雨」とあればじゅうぶんわかりますので、音数がもったいない。せっかくなので、作句意図にあるように、美術館を出てきたあとで……という情報を足してはどうでしょう。驚きが際立ってくると思います。島根県立美術館ですね。

添削例

美術館出て宍道湖の白雨かな

原句

遠路来た残れしカンナ父母の墓

作句意図……

東京から大阪へ、母の二十三回忌にお参りしました。私も八十歳。囲いを開けて入ると、十月なのに真っ赤なカンナの花が残っていました。私を待っているようでした。

東京都　松澤永子

鮮烈な色彩の「カンナ」を出してきたことが、一句の情景を印象的なものにしています。表現がぎくしゃくしているので、整理したいところ。十月の、季節外れのカンナが残っていたことまで言おうとすると、内容がくどくなりますので、ここは端的に「カンナ咲く」でよいでしょう。俳句では「カンナ燃ゆ」なども使います。

添削例

はるばると来し父母の墓カンナ咲く

原句

例年の衣パチパチ若狭《わかさ》の鯊《はぜ》

作句意図……………………

毎年、夫と次男夫婦と四人で、若狭湾に鯊釣りに行きます。夕食で、私の天ぷらが美味《おい》しいと皆が言ってくれることがうれしいです。

愛知県 桜井峰代

「若狭の鯊」はたいへんコンパクトな表現で、鯊のおいしさはもちろん、釣り人も多い若狭湾の賑《にぎ》わいまで想像できますね。「衣パチパチ」は「衣」を取って「パチパチ揚げる」としたほうがすっきりします。「例年の」は説明的なので「今年また」と言い換えました。

添削例 **今年またパチパチ揚げる若狭の鯊**

原句

初孫や初雪の朝初あくび

作句意図……………………

先日、女の子の初孫が産まれました。その朝に、仙台《せんだい》の初雪の便り。気がつくと、あくびをしていました。

大阪府 西海明良

「初孫」「初雪」「初あくび」と「初」を重ねた句の作りに工夫が凝らされていますね。もっとすっきりと仕立てて、読者それぞれが、句に思いを重ねる……そんな句にしても素敵ですね。句の余白が大きいほど、読者は思いを重ねやすくなります。添削例は、多くの読者に共感してもらえるように、情報を刈りこんでみました。具体的には、「初孫」であるということを、省略しています。

添削例 **初雪の朝に生まれてあくびかな**

原句 菜の花や腰痛薬の妙に効く

作句意図……寒さが続くと腰痛にはよくない。飲み薬など気休めと思ったが、意外によく効いた。そうか、そろそろ暖かくなってきていたんだ。

東京都　大谷悦子

腰痛が好転した喜びを、菜の花の春らしい色で表現したのは、深く共感しました。「妙に効く」のところ、「妙に」とまで言ってしまうと、「意外によく効いた」という主観が、わかりやすく出すぎてしまうように思います。病院でもらった薬が「飲み薬」であったというところを生かしたいですね。貼《は》り薬ではなく飲み薬が効いたというところに、ペーソスとユーモアがあります。

添削例 菜の花や腰痛に効く飲み薬

原句 湯に浮かぶ柚子《ゆず》の明るき風呂場かな

作句意図……いつも明るく温かくてほっとする風呂場ですが、冬至の今晩は柚子湯のため、湯に浮かぶ丸く黄色の柚子が風呂場の雰囲気《ふんいき》をさらに明るくしています。これから入る湯が楽しみです。

千葉県　押川紫宗

柚子の黄色を「明るき」と捉えたのは実感がありました。冬至風呂は一年の健康を願って入るものですから、「明るき」はその年の無病息災を予感する気分も表しています。最後に「風呂場」とあれば、「湯に浮かぶ」の「湯に」は言わずもがなでしょう。「浮かびをる」として、何がどこに浮かんでいるのか、読者に考えさせるとよいでしょう。

添削例 浮かびをる柚子の明るき風呂場かな

原句 笑顔一杯腕一杯のミモザかな

東京都 古屋寿子

作句意図……房総《ぼうそう》へ花の旅をした時、腕一杯のミモザを買って帰りました。笑顔一杯でした。

「腕一杯のミモザ」に、旅を終えた充足感が託されています。このままだと、旅帰りということがわからないのが惜しまれます。「笑顔一杯腕一杯」と「一杯」を重ねた表現はリズミカルで楽しいのですが、ここは思い切って「笑顔一杯」を削り、旅から帰ってきたということを言ったほうがよいでしょう。古い言葉で、旅の土産《みやげ》を表わす「旅《たび》苞《づと》」という語がありますので、それを使ってみました。

添削例 旅苞に腕一杯のミモザかな

原句 籐椅子に鳥の砂遊びじっとながむ

千葉県 長岡勝子

作句意図……庭の少し砂のあるところで、二羽の雀が楽しそうに砂遊びをしていました。鳥の砂遊びを見ることができて感動しました。

「籐椅子」は涼しく、快いもの。その涼しさが、雀の砂遊びを通して感じられますね。「じっとながむ」は言わずもがなでしたので、ここは取ってしまいましょう。俳句は見たり、眺めたりしたものを詠むものですから。その分、鳥が雀であったことや、一羽ではなく二羽いたことを、情報として書き足すことができます。このことで、場の臨場感がより高まるはず。

添削例 籐椅子や二羽の雀の砂遊び

原句

長病みの母の座敷の黴《かび》聖書

福岡県　石割貴彦

作句意図

信心深い母はいつも枕元に聖書を置いて、熱心に読んでいました。ある時から体調が思わしくなくなり、読まなくなりました。うっすらと黴がはえたようになっています。

黴の生えてしまった聖書が、「母」の衰えを雄弁に語っています。「黴聖書」は言葉が約《つづ》まっていて苦しいので、全体に言葉を削りたいです。「座敷」は削れるのではないでしょうか。

添削例

長病みの母の聖書の薄き黴

原句

髪なびくジョギングコース月見草

徳島県　齋藤陽子

作句意図

夕暮れ、雨あがりのひんやりした風の中、ジョギングをしていたら、足元に月見草が咲いていた。

夕闇の中の「月見草」の黄色を示したことが、映像の魅力をこの句に与えています（ここでの月見草は宵待草を指すと解しました）。「ジョギングコースに月見草が咲いていた」という意味から「ジョギングコース」という言葉を入れているのだと思いますが、ここはジョギング中になびく髪を言うだけでじゅうぶんでしょう。

添削例

ジョギングに髪なびかせて月見草

原句 ベランダの読書の折の若葉風

北海道　杉山忠和

作句意図

北海道もやっと夏の季節。天気のよい朝、ベランダに出て読書をしました。

ベランダでの読書の快さを、季語の「若葉風」が、何倍にもふくらませますね。「〜の折の」という言葉が説明的なので、できれば削りたいところ。おそらく、ベランダに椅子があり、そこに座って読書をされているのだと思うので、「ベランダに椅子出し」として動きも加えつつイメージをはっきりさせます。「ベランダに椅子出し読書」でもよいのですが、「書見《しょけん》」というちょっと古い言葉を使って、雰囲気を出してみました。

添削例 ベランダに椅子出し書見若葉風

原句 巣ごもりやスマホ検索らっきょう漬け

広島県　池本ヒサ子

作句意図

コロナ感染のニュースが続き、県外に出ない毎日です。そんな時、新鮮なラッキョウが目に留まり、スマホ検索して漬けました。

どこへも出かけられない憂鬱《ゆううつ》な日々を、それでも前向きに楽しもうと、「らっきょう漬け」に挑戦しているという内容に、力を貰《もら》います。いまや「検索」という言葉だけで、インターネットの検索という意味になる時代。「検索」だけで通じるでしょう。「らっきょう」は漢字で古めかしく書いたほうが、時事性のある内容に対しての、ギャップを狙《ねら》う効果が期待できます。

添削例 巣ごもりや検索しつつ辣韭《らっきょう》漬け

原句

野鳩《のばと》鳴き裏戸より風今日の秋

作句意図……野鳩のかなしそうな声。今日は立秋。風の向きも変わったようです。

京都府　東　恵美子

立秋のかすかな気配を捉えていて、繊細な一句です。風の音や冷たさに秋を感じるというのは昔からの詩歌の伝統ですので、ここはあえて「風」を省略したほうがよいでしょう。「風」をなくした分、野鳩の声をもっと前面に出すことができます。

添削例

立秋や野鳩の声の裏戸より

原句

見上げれば椋鳥《むく》の群れ舞ふ明日手術

作句意図……手術を明日に控えた不安な心情と、椋鳥《むくどり》の群れが騒がしく飛び回っている様子を重ねました。

神奈川県　猪ノ又大樹

心情を具体的な景色で表すという、俳句の骨法をよく押さえた句ですね。椋鳥は見上げなければ視界に入ってこないので、「見上げれば」は不要でしょう。作句意図にある、「騒がしい」という言葉を使って、上五中七《なかしち》はシンプルに書いてはどうでしょう。この句の要所は、下五への展開の妙にこそありますので、上五中七はあまり凝らなくてもよいと思います。

添削例

騒がしき椋鳥の群れ明日手術

原句

焼こか煮よかと思案のつのる大茄子《おおなすび》

作句意図

焼きなすにしようか、煮びたしにしようか。大茄子が送られてきました。結局煮びたしにして、おいしかったです。

北海道　平川靖子

「焼こか煮よか」のフレーズに、充実の茄子を前にした心の弾みが感じられますね。この表現だけで、「思案のつのる」というところはわかりますので、これは省いてもかまわないでしょう。それよりも、市場で買ったり、自分の畑で採ってきたりした茄子ではなく、送られてきたものであると明らかにしたいですね。その方との心の通い合いも感じられる句になるでしょう。

添削例

焼こか煮よか大きな茄子届きたる

原句

手術跡なでて今宵《こよい》の柚子湯かな

作句意図

昨年のひざの手術あとが痛み、柚子湯に入りなでていると、柚子の香りと湯の温かさでとても心地よく、一句にしてみました。

福岡県　加藤友子

「なでて」に、身体を愛おしんでいる実感があって、とてもよい表現です。こういう細かい動作を書くと、読者は句の世界に入りやすくなります。柚子湯にはだいたい夜に入りますので「今宵」は要らないでしょう。添削例では、作句意図の「痛み」という言葉を入れました。まだ痛みが残っているということで、手術あとの実感がより伝わるはず。身体の残ったあとは「痕《あと》」と書きます。

添削例

手術痕痛むを撫《な》でて柚子湯かな

原句　けふ傘寿よせ書きかざる黄カトレア

作句意図

毎日家事に追われていましたが、寄せ書きやカトレアの花束などで祝ってもらい、一夜は主役でした。

愛知県　戸田絢子

カトレアは、洋ランの一種。華やかなこの花が、誕生日の場面を明るくしています。お祝いに、寄せ書きをもらったというのも、まわりの人の心からの祝意を感じさせますね。「黄カトレア」というのがちょっと苦しい言い方なので、カトレアの色については省略してもよいと思います。「カトレアと寄せ書きで祝う傘寿」という内容を、シンプルに書きたいところ。

添削例　カトレアに飾る寄せ書きけふ傘寿

原句　噴く山と暮らす今年も暦果つ

作句意図

桜島《さくらじま》を朝な夕な眺めて暮らす生活は、私にとって久しいのですが、心の糧《かて》としてゆるぎない存在です。

鹿児島県　植松節子

「暦果つ」の季語で締めたことで、煙を吐く山とともに過ごした一年の重みが感じられます。「暦果つ」の季語は、「今年も」という意味を含みこんでいるので、ここは削れます。作句意図にあった「桜島を朝な夕な眺めて暮らす生活」がとても素敵なフレーズなので、ここを生かしてはどうでしょう。「眺めて」という言葉を借りて、句の中に入れてみたのが、添削例です。

添削例　噴く山を眺むる暮らし暦果つ

想像を広げる引き算

何もかも言おうとすると、かえって何も伝えられないまま終わってしまいます。「シンプル・イズ・ベスト」とは、俳句にぴったりの言葉。句を作ったら、冷却期間を置き、自分の句を他人の句のように客観的に見て、伝わるかどうかを検証しましょう。

名人の添削例 西東三鬼《さいとうさんき》の場合

「俳句は『もの』に執着する詩だ」（「俳句と『もの』」昭和二十九年）――いわゆる「俳句もの説」を唱えた秋元不死男《あきもとふじお》。労働争議等を扱った社会性俳句の高まりに対し、「事」ではなく「もの」で表わすのが俳句だと反論し、先輩であった西東三鬼からアドバイスを受けた自作を例にあげます。

少年工学帽古《ふ》りしクリスマス　秋元不死男（添削前）

太平洋戦争が近づく昭和十三年の作です。まわりの目を気にして、学校へ通っているふりをして少年が工場に通っています。もの悲しい眺めに、季語の「クリスマス」が拍車をかけます。くたびれた学帽をかぶりつつ勤労する少年に、巷《ちまた》のクリスマスの賑《にぎ》わいは、どう映るでしょうか。これを三鬼に見せたところ、少年工は学帽を被《かむ》っているのか聞かれ、そうだと答えると、「それなら《かむり》としなさい」と言われたそうです。

少年工学帽かむりクリスマス　（添削後）

三鬼の助言に、不死男は目が覚めるような思いをしたと言います。「『古りし』といっては、『事』をあげることになる、思ひ入れをすてて、はっきり眼にわかることを、はっきりいひなさい」という教えだと受け取ったのです。

確かに「古りし」に比べ「かむり」は即物的です。帽子が手の中や帽子掛けにあるのではなく、頭に乗っているのだとすぐイメージできます。この添削の見事なのは、「古りし」は言わなくても、少年工と学帽の結びつきだけで、じゅうぶんに使い古された感じが想像できる点にあります。言いたい思いはグッとこらえて、遠回しに言ったほうが、かえって伝わる場合もあるのです。

名人の添削例　与謝蕪村の場合

「兵庫点取帖《ひょうごてんとりちょう》」（藤田真一《ふじたしんいち》編注『蕪村文集』（岩波文庫）所収）は、蕪村が弟子の句に加えた添削を知ることができ、現代において俳句を作る私たちにもたいへん参考になります。

彳亍《たたずめ》ば犬も鳴《なく》なり虫の声　（添削前）

虫の声を耳を澄まそうと立ち止まると、虫の声だけではなく、犬の鳴き声も聞こえてきた、というのです。ここの「犬」は、野犬と見るのが自然でしょう。立ち止まった人間を、不審に思って吠《ほ》えかかってきた、それで虫の声が邪魔されてしまったという、可《お》笑《か》しみのある風景ですね。

蕪村はこの句について、「虫の鳴に『犬も鳴』とかけ合《あわせ》たる句なれば、『犬のとがむる』として、しをり有《あり》てよし」とコメントしています。中七を「犬のとがむる」と直すと、余情があっていい句になるというのです。

そば犬のとがむる虫の声　（添削後）

句の作者は、ともに鳴くものとして「犬」と「虫」を並べてみたところが得意だったのでしょう。でも、蕪村の添削は、そのように露骨に並べることを避けています。作者の意図がわかりやすく出てしまわないように、婉曲《えんきょく》に表現すると、「しをり」、つまり余情が出てくるという学びを、ここから得ることができます。

「兵庫点取帖」の中には「しほからし」というコメントがしばしば登場します。藤田氏の注によれば、作為や理屈が目立つということ。句から受ける印象を、味に関する表現で評しているのが面白いですね。たとえば〈鵜《う》づかひと知《しら》ず火を借す庵哉《いおりかな》〉（殺生をなす鵜飼のためと知らないで僧が火を貸してしまった）とか〈村の長捨子《すてご》拾ふて幟《のぼり》かな〉（村長が捨て子を拾い、その子の為に端午《たんご》の節句に幟を立ててやった）などという句に「しほからし」と言っています。こうした句も、やはり作者が出張りすぎ、いかにも作り物めいた印象を与えてしまっています。蕪村は薄味の句が流行するのに逆らい、あえて塩辛い句を作ったりもしていますが、ひとりよがりの作品はやはり困りもの。注意したいところです。

原句

古《いにしえ》の松《まつ》手《て》入《いれ》にも長き時

作句意図

十月中旬に浜離宮庭園に行った時の句です。すばらしい樹齢五百年の松に迎えられました。それ以上に植木職人の方々のご苦労と技術の高さに感服いたしました。

新潟県 伊藤英子

ゆっくり時間を掛けて松手入れをしているということで、古木の威厳や、職人の心遣いが感じられます。ただし「古の松手入」ですと大昔を想像した句と誤読されてしまうでしょう。また、「にも長き時」という表現もいささか間延びしているので、もっと簡潔な言葉選びにしたいところ。添削例は「ねんごろ」という言葉を使ってみました。

添削例

ねんごろに老木の松手入かな

原句

梅《うめ》が枝《え》に確かな芽あり初詣《はつもうで》

作句意図

毎年初詣する社寺も、我が小庭も、梅は若き枝に数多《あまた》の蕾《つぼみ》を付けている。確かな季の移ろいに感動しつつも、初詣と梅は季重なりでどうにもならずにいた。

京都府 森井敏行

「初詣」のころ、はやくも芽吹きを見つけたということで、春へ向けて動き出す心が描けています。ただ、「梅が枝」としてしまうと、「初詣」との季重なりが問題になります。作句意図の「若き枝」という表現を、そのまま句に入れてみてはどうでしょう。梅なのか、他の木であるのか、そのあたりは読者に任せてもかまわないでしょう。

添削例

若き枝に確かな芽あり初詣

原句

逃げ惑ふ若者見るや月あはれ

作句意図

香港《ホンコン》の自由を求める若者たちの姿をテレビで見ながら、かつての安保闘争の中の自分を思い出しました。

埼玉県　柳　辰男

天上に静かに光る「月」を配したことで、地上の喧騒《けんそう》がいっそう生々しく感じられますね。「若者」は、デモの若者であるとはっきり示したほうがよいでしょう。「あはれ」は主情が強すぎるので、たとえばデモが激化した冬以降のこととして、「月寒し」としてはどうでしょうか。香港のデモとも安保闘争のこととも読める。俳句の解釈というものは、それくらいの幅があってよいと思います。

添削例

逃げ惑ふデモの若者月寒し

原句

ホスピスの夫《つま》に桃買ふ千疋屋《せんびきや》

作句意図

何も食べられなくなった夫の最後に、せめておいしい桃をと思い、はしりの品を銀座千疋屋に買いに行った。

東京都　進藤岳子

買ったのが瑞々《みずみず》しい「桃」であるということで、慈愛の心に満ちた句になりました。「千疋屋」という店の名前まで明らかにすると、日記的で、読者が想像する余地がなくなってしまう懼《おそ》れも。「銀座かな」で止めておいて、読者に「ああ、銀座なら千疋屋だな」と補完してもらったほうがよいでしょう。

添削例

ホスピスの夫に桃買ふ銀座かな

原句 転職のわけなぞ聞かず泥鰌鍋《どじょうなべ》

作句意図……友人と泥鰌鍋。転職した友がいましたが、その事には誰も触れませんでした。

神奈川県 北條 稔

その人なりの事情があるわけですから、なかなか触れられないものですよね。精のつく「泥鰌鍋」は、奮起してほしいというみんなの願いもこめられているのでしょう。「わけなぞ聞かず」だと、いささか怒っているような、不満があるような、そんなニュアンスととれてしまうのではないでしょうか。みんながその人のことを思いやって口をつぐんでいるのであれば、もう少し抑えた言い方をするとよいでしょう。

添削例 転職の理由は聞かず泥鰌鍋

原句 花束の孫の名うれし敬老の日

作句意図……なかなか会えない大学生の男の孫。敬老の日に花が届き、幸せな一日でした。

東京都 大塚優子

「花束」に送り主であるお孫さんの名前が記されていたのでしょうね。「花束」の「孫の名」という視覚的な映像を出して、喜びの感情を表したのがすぐれています。「うれし」は言わずもがな、じゅうぶんに伝わりますので、ここは伏せましょう。ただ花束に、お孫さんの名前があった、という事実のみを述べるだけでじゅうぶんです。事実は何よりも強いです。また、「敬老の日」は「敬老日」とすれば音数におさまります。

添削例 花束に孫の名のあり敬老日

原句 雛《ひな》の間に弟も正座ちらし寿司《ずし》

作句意図……

雛祭りには、お雛様の前でちらし寿司をいただくのが恒例。息子も小さな膝《ひざ》を揃《そろ》えてちらし寿司をほおばっていたのを思い出します。　愛知県　戸根由紀

男の子も、雛祭りの特別の雰囲気を感じ取って、きちんと正座しているというのがかわいらしいですね。正座と言ってすませるのではなく、「膝を揃えて」と言ったほうがイメージははっきりします。また、雛とちらし寿司は、関係が近いので、省略してもよいでしょう。雛壇を見ているのか、食事をしているのかは、読者の想像に委ねればよいです。

添削例 雛の間に弟も膝揃えけり

原句 悴《かじか》んで真夜中の月青白く

作句意図……

悴む手をさすりながら見た月は、青白く、とても美しかったです。　兵庫県　立花　紅

侘しくも美しい景です。作者が見つけた「青白く」という印象をもっと目立たせるように、下五は「かかりけり」として、これ以上の意味を付け足さないまとめ方にしました。

添削例 悴んで月青白くかかりけり

原句

冬日射す訪ねし宿や秘境の湯

作句意図……

四十年来仲良しの友と、有名な観光地を北海道から九州まで旅行しました。その友も亡くなって、もう五年になります。

大阪府　津村とも子

「冬日」の季語に、友を偲ぶ思いが滲《にじ》みます。「宿」と「湯」は「湯宿」として一語でまとめましょう。その湯が「秘境」にあったということは略して、友を偲ぶ句として純化させたいところ。

添削例

亡き友と訪ねし湯宿冬日射す

原句

白寿なる母の歩幅で探梅す

作句意図……

思いのほか暖かく、近くの梅林で、ゆっくり歩む母と一輪の梅を見物しました。

兵庫県　山本勝江

探梅に出かけるといったことで、「白寿なる母」の意気軒昂《けんこう》ぶりが伝わります。「白」の字が白梅を連想させるのもいいですね。「歩幅で」というところは、「歩幅を合わせて一緒に」というニュアンスも入っているのだと思いますが、そこはあえて言わないで読者に感じ取ってもらいましょう。端的に「歩幅や」とします。「探梅す」は、同じ意味で「梅探る」という言い方もありますので、優しい響きのこちらを使いましょう。

添削例

白寿なる母の歩幅や梅探る

第七章

表現力に磨きをかける

表現力は自由の翼

正岡《まさおか》子規《しき》のあとを継ぎ、結社「ホトトギス」を全国規模に発展させた高浜《たかはま》虚子《きょし》は、どのような選句の基準でもって、毎月寄せられてくる膨大な投句に臨んでいたのでしょう。その言葉に耳を傾けてみましょう。

> 先ず私は俳句らしいものと、俳句らしくないものとを区別する。その思想の上から、またその措辞《そじ》の上から。思想の上からは大概なものは採る。非常に憎悪すべきものは採らない。措辞の上からは最も厳密に検討する。
>
> 『俳句への道』

虚子らしい、大らかな基準です。「思想」というと堅苦しいですが、要するにどんな内容でもよいということ。でも、「措辞」つまり表現については厳密に見るというのです。じっさい、虚子の選は保守的な句から革新的な句までと幅広く、個性ある俳人を多く育てました。

虚子自身の作風も、自由自在です。「花鳥諷詠《かちょうふうえい》」「客観写生」というふたつのスローガンを打ち出して「ホトトギス」を率いましたが、虚子の作品を見ていると、それらのスローガンに必ずしもとらわれてはいません。

爛々《らんらん》と昼の星見え菌《きのこ》生え　高浜虚子

たとえばこの句、不思議な句です。キノコがにょきにょき生えているというのは山の中ならどこでもありそうですが、その上に昼の星が爛々と光っている、と言われるとびっくりします。星が昼間に爛々と光って見えるでしょうか。神秘的というか、不気味というか、虚子独特の世界です。この句は小諸《こもろ》に疎開していたときに詠《よ》まれたもので、土地の人からお土産《みやげ》にいただいたマツタケがあったので「茸《きのこ》」を詠んだそうなのですが、昼の星はどこから来たのか。虚子の想像力が見せたまぼろしの星なのだろうといわれ、太古の世界や、人類滅亡後の風景を思わせるという評者もいます。この句ははじめ〈昼の星見えしよりこの茸生〉という句でしたが、それを推敲《すいこう》して雑誌に発表しています。「昼の星見え菌生え」は、対句的な表現です。異なる内容を、似ている表現にして並べるのが対句です。天上の「星」と地上の「菌」とで、おおらかに景を捉《とら》えています。リズムもよいですね。

表現力を身につけるということは、空想の世界と現実の世界を自由に行き来する、翼を持つということなのです。

表現のテクニック

夏目《なつめ》漱石《そうせき》は、弟子の寺田《てらだ》寅彦《とらひこ》に俳句とは何かと聞かれて「レトリックを煎《せん》じつめたもの」という意味の回答をしています。さまざまな表現技法を駆使して作られた十七音は、ひとつの精巧な言葉の工芸品といえるでしょう。

名人の添削例　**正岡子規**の場合

正岡子規と夏目漱石は学生時代からの友人でした。漱石が松山に英語教師として赴任してからは、自作の俳句を子規に手紙で送っては、斧正《ふせい》を乞うています。「月並」「マヅイ」「陳腐」「拙《せつ》」と漱石の句を次々に切り捨てていく子規の厳しい評は、なかなかの見ものです。添削では、たとえば、

冬籠《ふゆごも》り今年も無事で罷《まか》りある　夏目漱石（添削前）

という句を、

冬籠り小猫も無事で罷りある　（添削後）

と直しています（明治二十八年十一月二十二日付書簡）。

原句は、年末の冬籠りでしみじみと今年の無事を噛《か》みしめておりますという意味。誰もが抱きそうな感慨で、面白みに乏しいですね。子規の添削は、「今年も」を「小猫も」と変えただけですが、それだけで個性が出ています。春に生まれた子猫は、体が弱くて、飼い主に心配を掛けたのでしょう。自分の無事も子猫の無事も、同じように有難いこととして一緒に並べているところや、わざわざ「罷りある」とそれを誰かに報告しているところに、「冬籠り」の主のユーモアあふれる人柄が彷彿《ほうふつ》とします。

誰にもあてはまるような句はつまらない。やはりそこに作者の個性が出ていなくてはならない、ということです。ところでこの句、何となく、漱石のあの小説デビュー作を思わせませんか？　ひょっとしたら漱石は、この子規の添削から『吾輩は猫である』（明治三十八年から三十九年に連載）を思いついたのかも！　などと空想してみるのも一興です。

名人の添削例　向井去来《むかいきょらい》の場合

今回は、蕉門《しょうもん》の去来の添削です。

時鳥《ほととぎす》帆裏になるや明石潟《あかしがた》　先放《せんぽう》（添削前）

時鳥帆裏になるや夕まぐれ　（添削後）

門人の先放の句について去来は、「明石潟」を「夕まぐれ」に直して撰集《せんしゅう》（今でいう合同句集）に入れたのだというと、俳人でもある奥さんが、どうして変えたのですかと尋ねます。去来は、「時鳥帆裏になるや」でじゅうぶんに景や情も表されているので、さらに「明石潟」を加えるのは「心のねばり」、つまり句意がしつこくなるからだと答えます。時鳥の声が聞こえたのでそちらを見てみると、港に入っていく船の帆の裏に隠れるように飛び去っていった、というだけで読み応えがあるので、その港が明石であったと地名まで出すとくどくなるのです。

「夕まぐれ」くらいのあっさりとした付け方で、上五《かみご》中七《なかしち》の妨げにならないようにすればよいのです。ただし、音数を埋めるために、「夕まぐれ」とか「日が差しぬ」とか「風が吹く」などあまり意味のない五音を付けるやり方も、ともすれば安易に流れがちなので、注意が必要です。

　この逸話は、現代において俳句を作っている私たちにとっても、大切な示唆を含んでいます。俳句は「引き算の文芸」といわれます。不要な語は、できるかぎり削るほうが、読者に負担をかけません。ただ、削りすぎてしまうと、淡い句になってしまい、読者は通り過ぎてしまいます。そのあたりの見極めをしなくてはなりません。

　そもそも先放は、なぜ「明石潟」と付けたのでしょう。明石は、播磨《はりま》国の歌枕で、今の兵庫《ひょうご》県明石市。〈ふた声ときかずはいでじ郭公《ほととぎす》いく夜あかしのとまりなりとも　藤原公《ふじわらのきん》通《みち》〉（『新古今和歌集』）の和歌にあるように、時鳥との連想関係が強い地名なのです。しかしその分、ありきたりであるので、去来はその点も嫌ったのではないでしょうか。

原句

冬薔薇《ふゆばら》の一輪ざしや背を伸ばす

作句意図

冬薔薇の一輪ざしが飾られている。渾身《こんしん》の力で凜《りん》と咲いている姿を見て、丸まった背中をピンとしている自分がいた。

三重県　籠谷博子

濃い紅の冬薔薇を見ていると、たしかにこちらの気持ちも引き締まってきますね。このままの語順だと、文章の一節のような印象を与えてしまいます。そこで倒置法を使ってみましょう。語順を入れ替えて、「背を伸ばす」をいちばんはじめに持ってきたほうが、ぐっと読み手の関心を引きつける句になります。

添削例

背を伸ばす一輪挿しの冬薔薇に

原句

絵日傘の色の褪《あ》せしも捨てられず

作句意図

何年も使っていました日傘なので、大分色も褪せてまいりました。今年こそ新しいのを買おうと思いつつ、愛着があり、なかなか捨てられません。

東京都　西村久子

「絵日傘の色の褪せ」から「捨てられず」につながる捻《ひね》りがうまく働いています。ふつうは捨ててしまいそうなところ、大事にしているのは、思い出があるからだろうと思わせます。述べ方が一本調子なので、倒置法を使ってはどうでしょう。気持ちのこもった「捨てられず」の語をはじめに持ってくることで、インパクトも出せるはずです。

添削例

捨てられず絵日傘の色褪せたるを

原句

夕ご飯椎茸《しいたけ》入りのお吸ましを

作句意図……

五目ご飯とさしみと椎茸の入ったお吸いものを並べ、家族と楽しく食事しました。

東京都　伊藤岸子

原句の「お吸まし」は、正しくは「お澄まし」と書きます。慎ましい夕餉《ゆうげ》の風景が浮かんできて、懐かしい気持ちになります。作句意図にある「家族がそろったところで」という一節を俳句にも生かしてはどうでしょう。「椎茸入り」の「入り」は要りませんので削り、これを倒置法で句の頭に持ってきます。そのあとで、「家族みな揃《そろ》い」と入れます。夕ご飯だといわなくても、朝ではなく夕の雰囲気《ふんいき》は出るのではないでしょうか。

添削例

椎茸のお澄まし家族みな揃い

原句

心をも白髪ならむ米寿の秋

作句意図……

これまでの人生、戦争体験を含め、さまざまな出来事がありました。これらすべて尊い経験として、余生をなるべく心を白く汚さず、穏やかな日々を過ごしたいものです。

静岡県　村瀬静子

心を白く、汚れないままでありたいという、静かな決意が伝わります。ただ、心もまた白髪のようにありたい、というのは少しわかりづらいと思います。中国の陰陽五行説では、秋には白が当てられます。「白秋」という言葉もあります。心も秋のように白くありたい、という言い方なら、共感する読者も多いのではないでしょうか。

添削例

心また白くありたし米寿の秋

原句　里山にくの字の媼《おうな》大根ひく

作句意図……

奈良《なら》を旅した時の景色です。腰が曲がっていてもよく働くな、と感心しました。

東京都　剱持マリ子

「くの字の媼」というところに、畑で長年働いてきた人生の重みが出ています。このフレーズを生かしたいので、「媼」をもっと丁寧に描いてみましょう。大根を引き抜くために屈みこんでいるところだと思いますので、上五に「屈まりて」としてみました。「里山に」の拡がりも悪くないのですが、一点集中型の句にしても、迫力が出るのではないでしょうか。

添削例　屈まりてくの字の媼大根引く

原句　大根を義父《おやじ》ぶらさげ宅急便

作句意図……

今年も妻の在所の義父が立派な大根を手に玄関に立っていました。

三重県　尾﨑一彦

蕪《かぶ》でも人参《にんじん》でもなく、より重みのある大根であることで、「ぶらさげ」が生きてきます。確かな家族愛の感じられる句でした。下五《しもご》の「宅急便」は、ご岳父自身が宅急便さながらになって、みずみずしいうちに届けてくれるということでしょうか。ここが読者には伝わりにくいので、もっとシンプルに表現してもよいでしょう。「義父」で「おやじ」と読ませるよりも、「ぎふ」という本来の読み方を大事にしたいです。

添削例　大根をぶらさげて義父来たりけり

原句　河豚《ふぐ》鍋《なべ》や手酌でいくと言ふ上司

作句意図

職場で河豚鍋を食べに行ったことがありました。上司に酒を注ごうとすると「手酌で行こう」と言われました。

大阪府　秋岡　実

高級な河豚鍋を囲んでいるときの、いつもとは違う雰囲気が感じられて、面白いです。上司の台詞《せりふ》は「手酌で行こう」とのこと、台詞をそのまま取り込んだ原句も勢いはあるのですが、その場にいる部下たちに呼びかけている感じがもっと出る台詞に変えてもよいでしょう。たとえば「手酌でよし」とすると、命令口調が上司らしくて、その場の緊張感も伝わるのではないでしょうか。

添削例　河豚鍋や手酌でよしと言ふ上司

原句　湯加減を聞きくるる夫《つま》春近し

作句意図

主人は物忘れがひどいのですが、私が風呂に入っていると「湯加減どうや」と聞いてくれます。オール電化なのになと思いますが、優しさも感じます。

大阪府　池内康子

奥さんのほうが旦那さんの湯加減を聞くというのはよくあるパターンですが、ここでは逆なのがユニークです。「夫」の発言を、そのまま句に入れてみてはどうでしょう？　関西のなまりに味わいがあって、句をいきいきさせるのではないでしょうか。なお、「夫」は「おっと」と読ませると句の素朴さに合います。

添削例　「湯加減はどうや」と夫春近し

原句

星今宵《ほしこよい》癌《がん》飛んでけとささやけり

作句意図……七月七日の誕生日に悪性リンパ腫《しゅ》ステージ4を告げられ、どうしようもない気持ちになりました。

三重県 中島久子

「星今宵」は七夕《たなばた》のこと。ただ、静かなこの句の場合は、かすかでも動きがあったほうがよいので、流れ星を表す「星飛んで」という季語はどうでしょう。癌細胞は消えたり、失せたりするものなので、「癌よ失せよ」としました。また、ここは誰にともなくつぶやいているとしましょう。星空につぶやいているようでもあり、癌細胞につぶやいているようでもあるという、含みを持たせます。

添削例

星飛んで癌よ失せよとつぶやきぬ

原句

揚《あげ》羽《は》蝶《ちょう》客の如《ごと》くに庭を飛ぶ

作句意図……揚羽蝶が庭に飛んできました。お客のように私には見えました。しばらく揚羽蝶を見ていました。

愛知県 安井英子

庭に迷い込んできた揚羽蝶を、客と見たことで、その大きさや、ゆったりとした羽づかいもイメージできますね。せっかくの着想なので、もうひとひねりしてみてはどうでしょう。幸《こう》田《だ》露《ろ》伴《はん》はこれを「反想」と呼びました（『露伴の俳語』）。「客の如くに」を「客にあらねど」と打ち消してみるのです。客人ではないとわかってはいるが、軽く戯れて「客」と言ってみせたとすると俳味も加わります。

添削例

揚羽蝶客にあらねど庭を飛ぶ

原句　捕虫網出るに出られぬ家居かな

作句意図
自粛に耐えている心境です。早くここから脱出したい思いを詠みました。

愛知県　荒木節子

感染症の拡大で家を出られないという句は類型的になってしまう傾向がありました。この句は独自の発想で書かれていて、目を引かれました。深刻な事態に対して、ちょっと可笑《おか》しみがあるのが、俳句としてはよいのです。喩《たと》えであることを、もっとわかりやすくしてはどうでしょう。「ごとく」という言葉を入れて、直喩《ちょくゆ》の句にしてみました。字余りにはなりますが、ここは「に」の助詞を入れて、正確に表したいところ。

添削例　捕虫網にとらわれしごと家居かな

原句　花ゑんど羽がほしいとそよぎけり

作句意図
「風受けて蝶になりたし花ゑんど」と詠みましたが、季重なりに気づき変更しました。えんどうの花は蝶の形で、今にも飛びそうです。

兵庫県　戸部　脩

「花ゑんど」、つまりエンドウの花は、蝶のように二つの羽があるように見えますね。そのため、初案の「蝶になりたし」のほうが、実態に適《かな》っていると思います。初案を元にしますと、「蝶になりたし」と言い切ってしまうのは主観が強すぎるようです。「蝶にならむと」――蝶になろうとしていると言えば、「なれるはずもない」と含みもあって、より深みのある句になるでしょう。

添削例　風受けて蝶にならむと花ゑんど

原句 光る指蟷螂《かまきり》の列地下の網

作句意図
通勤で地下鉄に乗ると、自分以外の全員がスマホに集中。餌《えさ》を貪《むさぼ》る蟷螂の如くに。　北海道　田中千秋

スマホに熱中している人のポーズが、カマキリに似ているというのは、なるほど言い得て妙。スマホを繰《く》る人をカマキリに喩えた発想を生かし、この比喩表現を主軸として、あとは省略してしまってもかまわないと思います。季語を比喩で使うのは賛否両論あります。この句の場合は、たとえその場になくても「蟷螂」の存在感はただならぬものがありますので、問題ないと私は考えています。

添削例 貪れる蟷螂の如スマホ繰る

原句 新米に語りかけたり水加減

作句意図
老妻が、届いた新米を喜びながら研いでいる。何気なく、「さて水加減どうしよう」と声を掛けながら支度している。　埼玉県　福野福男

お米に向かって語りかけているというところに、「新米」の喜びがよく示されています。奥様がおっしゃっていたという「さて水加減どうしよう」は、ちょうど七五のリズムになっていて、これをそのまま入れてはどうでしょう。台詞を句に入れるとその場の雰囲気がいきいきと伝わります。母の言葉をそのまま俳句にした正岡子規の〈毎年よ彼岸の入りに寒いのは〉という作例もあります。

添削例 新米やさて水加減どうしよう

原句　看護師の折りし紙雛《かみひな》飾らるる

作句意図……看護師さんが折った沢山の対雛が待合ホールに飾られ、来院患者は自由に持ち帰れた。

北海道　木下真理子

病院の雛を詠んだのが、雛祭りの句として新鮮な切り口でした。このままだと語の順番が散文的、つまりふつうの文章と同じになります。俳句はレトリックを煎じつめたものだと、夏目漱石は言いました。倒置法を使って、散文とは違う印象を与えると、韻文としての力が出ます。下五は「かみひいな」と読ませるとよいでしょう。

添削例　飾らるる看護師折りし紙雛

原句　いつの間にか聞き手に回るビールかな

作句意図……友人とビールを飲んでいた。初めはわいわいお互いにしゃべっていたが、途中から彼女の身の上話となり、聞き役に回ってビールも飲めなくなってしまった。

北海道　島田清純

いやみなく、くすっと笑えるユーモアのある句です。作者は、ちゃんと人の話を聞いてあげる、優しい方なのですね。このままでもよいのですが、相手の話がとにかく長かったというニュアンスを強調するために、添削では上五中七を「聞き役にいつか徹して」としてみました。

添削例　聞き役にいつか徹してビールかな

原句

秋来しと化粧の妻の呟《つぶや》きぬ

作句意図……化粧中の妻。鏡に写る顔を見ながら「もう秋ね」の一言。妻自身に感じることがあるような、なにか淋《さび》し気な様子でした。

神奈川県　君塚正光

漢詩の影響により、平安時代から秋は淋しい季節と受け取られました。その感覚は、現代人の心にも受け継がれていますね。外に出て秋を感じるのでは、当たり前。化粧をしながら秋を実感したというところに意外性があり、読者を立ち止まらせます。奥様の言葉である「もう秋ね」をそのまま取り入れると、より親しみやすく、また趣のある句になるのではないでしょうか。

添削例

「もう秋ね」化粧する妻呟きぬ

原句

朝刊や鼻くすぐるは金木犀《きんもくせい》

作句意図……新聞を取りに庭へ。途端に鼻がくすぐったくなり、甘酸っぱい香りに気づきました。

東京都　土澤ヤエ

日常に即した何気ない季節の受け取り方が素敵です。「くすぐる」は、本当に鼻がくすぐったくなったのですね。読者はどうしても「鼻をくすぐる」という慣用句を思ってしまうので、表現が平板に見えてしまいます。ここは素直に「金木犀香る」としましょう。表現を凝るよりも、朝刊を取りに出たということを、しっかり述べてはどうでしょう。「朝刊や」だけでは、朝刊を読んでいるのか、取りに出たのか、曖昧《あいまい》だからです。

添削例

金木犀香る朝刊取りに出て

原句　木道に妖精《ようせい》かとぞ冬帽子

熊本県　佐澤俊子

作句意図　高原の湿地の木道を歩きました。その時親子連れの赤い帽子の、三歳くらいの女の子が走ってきました。まるで、氷の下のクリオネみたいに。

クリオネは頭が大きいので、なるほど、冬帽子をかぶっているみたい。面白い喩えですね。この喩えを、俳句に生かしたいところ。「木道」は思い切って削りました。冬帽子の人物像が浮かんでくるように「少女」という語を入れて添削してみました。

添削例　クリオネのやうな少女の冬帽子

原句　大嚔《おおくさめ》しても大空揺るがざる

千葉県　上村実川喜

作句意図　この頃はよく大きなくしゃみをしている人がいる。私などはびっくりして一瞬固まってしまうが、空も地もビクともしない。

嚔という個人的な生理現象を、大地や大空と結びつけた発想に驚かされました。たしかに空も地もビクともしませんが、それでは常識なので、思い切ってひっくりかえしてみてはどうでしょうか。つまり、あえて大空が揺らぎそうになったと言ってみるのです。より誇張した表現になりますが、俳句は滑稽《こっけい》味《み》を特徴とする詩型ですので、ときに大胆に誇張してみるのもよいでしょう。

添削例　大空の揺らぐほどなる大嚔

声に出して読む

もともと俳句は、江戸時代に流行した「連句」（近代以降の呼び名）から発生したものです。複数の作者が集まり句を連ねていく連句の座では、句は声に出して披露されていました。韻を踏んだり、同じ語を繰り返したりと、快いリズムを作りましょう。

名人の添削例　与《よ》謝《さ》蕪《ぶ》村《そん》の場合

青荷《せいか》という丹波《たんば》篠山《ささやま》の弟子に送った手紙の中で、彼の句を添削しています（年代不詳六月七日付青荷宛蕪村書簡、大谷篤蔵《おおたにとくぞう》・藤田真一《ふじたしんいち》校注『蕪村書簡集』）。

手燭《てしょく》して鮓《すし》うかがふや今朝の雨　青荷（添削前）

「すし」は、夏の季語。現代は握鮓《にぎりずし》が一般的ですが、この頃の主流は熟鮓《なれずし》。暗所で時間をかけて漬けこんだものです。蕪村自身にも鮓の句は多く、たとえば〈鮓をおす石上に詩を題すべく〉という句は、鮓という日常的な食材にこそ詩は宿るのだという蕪村の俳諧《はいかい》観がうかがえますね。

青荷の句は、鮓の熟れ加減を確かめようと、雨で暗い朝に手燭を灯して主人が厨《くりや》に覗《のぞ》きにきている、という情景です。気になってしょうがないのでしょうね。ユーモアのある句ですが、蕪村は「今朝」とすると、すでにしろじろと明けた頃となってしまうのが惜しまれる、と言います。そこで、

手燭してすしうかがはん夙《つと》に起きて　（添削後）

としました。「『つとに起きて』といふにて、其人《そのひと》の風流もしられ候《そうろう》歟《か》」とは蕪村の言葉です。「夙に起きて」とは相当早く起きてということで、鮓を見るために夜明け前に起き出す主人の風流心がこれで強調される、というのです（ただ食いしん坊というわけではありません）。

淡々と叙していた原案に比べ、蕪村の案では「うかがはん」や「夙に起きて」（あえて字余りにしています）と、弾むような調子になっていることにも注目したいですね。多少五七五を乱してでも印象に残る調べを作る、遊び心も持ちたいものです。

原句

友去りてなお薪《まき》ストーブの温《ぬく》さかな

作句意図……数ある暖房器具の中でも、特別の愛着を感じられ、条件さえ許されれば復活することを願っています。

千葉県　鵜澤正信

薪ストーブへの憧《あこが》れについては、大いに共感するところです。「友去りて」という状況にしたことで、部屋はあたたかいのだけれど、ほのかに淋しさも漂っている、という微妙な心理も詠み込まれていますね。字余りは絶対にダメというわけではなく、必要に応じて使ってもよいのですが、この場合は、語順を入れ替えることですっきりします。

添削例

友去りて薪ストーブのなお温し

原句

おにぎりを蕗味噌《ふきみそ》の香と頂きぬ

作句意図……春、はじめてのふきのとうを摘み、蕗味噌を作りました。焼豆腐と焼きおにぎりに添えていただきました。

長野県　滝沢征矢子

「蕗味噌の香といただく」という表現には工夫がありますが、少し行きすぎているように感じました。おにぎりに蕗味噌を添えた、と素直に表したほうがよいでしょう。「蕗味噌」とあれば「香」は断らなくても伝わりますので、省略することに。さらに、思い切って「頂きぬ」を「かぶりつく」にして、最初に持ってくると、説明的な印象はなくなり、韻文らしい語勢が出てくるでしょう。

添削例

かぶりつく蕗味噌添えしにぎりめし

原句

蟹《かに》喰《く》ふて河豚喰ふて亡母《はは》の法事かな

作句意図

亡母の三回忌法要の後、皆で精いっぱいの贅沢《ぜいたく》な会食をしました。活きのいい蟹と河豚に、孫や曽孫たちも大喜びでした。亡母も見守ってくれているような気がしました。

奈良県　菅原俊郎

しんみりと法事を修するのではなく、賑《にぎ》やかに、豪華なものを食べているというのが、かえって真心を感じさせます。「亡母」は「はは」と無理に読ませなくても「母の法事」でじゅうぶん。食べている場面よりも料理が出てきた場面を詠むと、句が生きいきとするでしょう。「蟹・河豚」と並べると次々に料理が出てくる賑わしさが表現できます。

添削例

蟹・河豚と出てきて母の法事かな

原句

あちら二羽こちらも二羽の浮寝鳥《うきねどり》

作句意図

電車に乗って、長良川《ながらがわ》の鉄橋を渡る時に見かけた景色です。

愛知県　樋口幸子

「二羽」と客観的な書き方をしているのに惹《ひ》かれました。「番《つが》い」「めおと」などと言ってしまうと、句が甘くなってしまいます。句に切れがないので、中七に切れを入れたいですね。「二羽の浮寝鳥」と「の」でつなげてしまうと、散文的な印象を与えてしまいます。また、上五の「あちら二羽」は字余りになっても、正確に「あちらに二羽」と言いたいところ。これに合わせて、「こちらに二羽」としましょう。リズムがよくなります。

添削例

あちらに二羽こちらに二羽や浮寝鳥

原句 令和なり孫とまくのは向日葵《ひまわり》か

作句意図…………今年高校生になった孫が連休に一人で訪ねてきたので、記念として種をいっしょにまきました。

愛知県 臼井ひさこ

「令和」を詠み込んだ句は多いのですが、この句は自分の身に引きつけて詠んでいて、言葉に血が通っていました。「向日葵か」だと、「向日葵だろうか」という疑問を含んだ意味になってしまうので、きっぱりと言い切るようにしましょう。令和の新時代を生きる孫への応援歌になりました。

添削例 令和なり向日葵の種孫とまく

原句 ばら園やひょっこり顔出すかくれんぼ

作句意図…………ばら園を散策していると、突然顔を出した子がきょろきょろしてまた隠れた。かくれんぼしているらしい。きれいに咲いたばらと、子供の表情が、うれしかった。

兵庫県 山原一晃

子供はどこでもかくれんぼをするものですが、「ばら園」というのは珍しいですね。刺《とげ》に引っかからないかな、なんて心配になりますが、子供は頓着《とんちゃく》しないものです。「ひょっこり顔出す」の字余りは、一句の勢いを削いでしまっているので、「ひょこと顔出す」でどうでしょう。コミカルな内容の場合、リズムは崩さないように。

添削例 ばら園やひょこと顔出すかくれんぼ

原句

車窓より旅は始まる雪の富士

作句意図……東京方面へ旅行をする時、新幹線の窓から見る富士山は美しく、旅の第一歩となる。

京都府　市川俊枝

ふつうは列車を降りてから旅が始まるわけですが、そうした常識を少しズラしたのが読みどころです。上五中七の「車窓より旅は始まる」は、少しわかりづらいと感じました。「車窓より」につなげるのであれば「車窓より雪の富士見え」として、下五は思い切って「旅始まる」と字余りにしてはどうでしょう。「旅始め」とすれば五七五におさまりますが、非日常の高揚感を出すために、あえて字余りにすることも、考えてみてください。

添削例

車窓より雪の富士見え旅始まる

原句

風のごと蜥蜴《とかげ》咥《くわ》へて野鳥飛ぶ

作句意図……玄関の戸を開けると同時に、鳥が蜥蜴を咥えて飛び立つ姿に圧倒されました。

奈良県　前田由利子

生活の中で、野性のひらめきをはからずも目にすると、人間はあくまで自然に間借りしている存在であることを痛感しますね。あえて五七五のリズムを崩して、はっと息を呑《の》む作者の気息を伝えてはどうでしょうか。たとえば「蜥蜴咥へて」をはじめに持ってきて、句またがりのリズムを作るのです。「野鳥飛ぶ」は、まさに飛び立った瞬間を捉えて、「野鳥立つ」とするとよいでしょう。

添削例

蜥蜴咥へて風のごと野鳥立つ

原句

新茶汲《く》む大風呂敷といふ菓子と

作句意図

お持たせの大風呂敷という菓子（きな粉餅《もち》と梨蜜《なしみつ》）の風呂敷をほどく喜びと、それをおともに新茶をいただくという喜び。

島根県　高橋多津子

「大風呂敷」という地元の銘菓の名前の妙を、うまく取り込んでいますね。「大風呂敷を広げる」という慣用句が思い出されて、お茶をいただきながらのおしゃべりの盛り上がりも思わせます。「といふ」という持って回った言い方が、一句の調べを緩ませてしまっているようです。添削例では「菓子の名は〜」と堂々と言い切る文体を採りました。

添削例

菓子の名は大風呂敷ぞ新茶汲む

原句

大輪の蕊《しべ》にうごめく蟻《あり》の群

作句意図

二重のピンクの芍薬《しゃくやく》が咲いたので、卓上に飾ろうと近くまで行ったら、黄色い蕊の中に蟻がたくさんいて、驚きました。

愛知県　前田法子

芍薬という花の名は入れたほうがよいでしょう。芍薬と蟻で、季重なりにはなりますが、芍薬の存在感が大きいので、気にはなりません。「大輪の芍薬の蕊」を上五中七にして、「うごめく」の動詞は下五に持ってきて「蟻うごめく」とします。字余りになるので「蟻の群」や「蟻たかる」とする選択肢もありますが、驚きを強調するために「蟻うごめく」とあえての字余りとしました。

添削例

大輪の芍薬の蕊蟻うごめく

原句　西《すい》瓜《か》切ったとたんに汁あふるるや

作句意図

農家から買ったスイカに包丁を入れると、汁であふれていた。すくって飲んでみれば、スイカジュース。四十度近くの暑さに、スイカも発酵？　大汗をかいたようだ。

静岡県　菊地奈々子

あえて五七五の音数を乱す破調というテクニックがあります。この句の場合、西瓜から汁があふれてきた驚きを表現するにあたって、破調が効果的でした。ただ、このままだと口にしたときの調べがたどたどしいので、最後を「西瓜かな」として、安定させたほうがよいでしょう。

添削例　切ったとたん汁のあふるる西瓜かな

原句　全開でシャトル打つ母小《こ》六《ろく》月《がつ》

作句意図

陽気につられ、母をバドミントンに誘う。元バドミントン部の母は、本気モード。

和歌山県　玉井瑞穂

「全開で」というところは「全力で」のほうが自然でしょう。「全力でシャトル打つ母小六月」で、とりあえずは落ち着きます。ただ、もっと砕けた言い方のほうが、この句の内容には合っているのではないでしょうか。たとえば「本気全開」という弾んだ表現を上五に置き、字余りの句にするという手も。この辺は好みかもしれませんが、整った句よりも、日常の言葉づかいに根差したいきいきした句のほうが、私は俳句らしいと思います。

添削例　本気全開シャトル打つ母小六月

原句 初よひら取りかへて厠《かわや》のきよし

作句意図……

初咲きの紫陽花《あじさい》を厠に飾っておくと、一年間、健康の災難から免れると知りました。以来、毎年心掛けています。役目を終えたドライフラワーに礼を言いながら取りかえています。

千葉県 仲沢智子

不浄ともいわれる厠ですが、初咲きの紫陽花によって清らかになりそうな気がします。「初よひら」と縮めるよりも「初咲きの紫陽花」という言葉をのびのびと入れたいものです。また、最後の「きよし」は言わずもがな。添削例では、一句の胆であるところの、厠に初咲きの紫陽花が挿してあるイメージは浮かび、清浄な空気感も伝わるはず。

添削例 初咲きの紫陽花挿して厠かな

原句 短夜やワンピース纏《まと》ふ母の夢

作句意図……

若い頃の母の夢を見ました。外出前にワンピースを着て少し華やいだ母の姿は懐かしく、とても嬉《うれ》しくて、目覚めたときもっと見ていたかったと、思わず涙が出ました。

島根県 岸 和子

「短夜」の季語が、母のおもかげが儚《はかな》く消えてしまった悲しみを懇切に伝えています。これでもじゅうぶん思いが伝わりますが、少し型を崩して、情緒を調べにのせてみるという手も。添削例では、あえて上五を字余りにし、思いの丈を表現してみました。情緒的な上五中七の調べに合わせ、季語は「短夜」と同じ意味の「明易《あけやす》し」にしました。

添削例 ワンピースの母の夢見て明易し

原句　**春コート肩の日差しの塵《ちり》払ふ**

作句意図……暖かい日、春のコートを着ました。肩に日が差して、塵があったので、そっと払いました。

大阪府　北村敞代

「肩」という具体的な身体の部位を示したのがよかったです。「肩」が見えてくることで、塵を払う手の動きも見えてきて、玄関を出たときの麗《うら》らかな空模様まで感じられてきます。「肩の日差しの塵払ふ」の部分、言葉の意味の流れをもっと滑らかにしたいです。「日差しの」というところを、「日当たる」という動詞を入れると、滞りなく読み通せるのではないでしょうか。

添削例　**春コート日当たる肩の塵払ふ**

原句　**鉢植えの妻のハミング夏に入る**

作句意図……鉢植えの手入れが妻の日課です。最近は鼻唄《はなうた》まじりで楽しそうです。うまく育つと良いのですが。我が家の一風景です。

山口県　篠原淳一

奥様への優しいまなざしが感じられる一句です。「はちうえ」「ハミング」と頭韻を踏んでいる調べに惹かれました。「鉢植えの妻」は「鉢植えに水やりをする妻」の略ですが、約《つづ》めすぎているので「水やりの妻」としてはどうでしょう。「は」の頭韻は残したいので、「夏に入る」の季語を「夏はじめ」にしました。

添削例　**水やりの妻のハミング夏はじめ**

添削なし！ 佳句

投稿作の中から、添削の必要のない佳句を紹介します。各章のテーマごとに、「この章のテーマがしっかり達成できている！」と太鼓判を押すものを選んでいますので、参考にしてください。

ほうとうの生地捏《こ》ねており雪もよい

基礎OK　群馬県　大島知子

「ほうとう」は甲斐《かい》の名物。この名物の名があるがために、「雪もよい」の空の下に、えんえんと続く甲斐の山々が見えてきます。説明しなくても名詞で語らせる方法を心得た作者です。

いつの間にすみれたんぽぽ朝の試歩

基礎OK　静岡県　清水訓子

一句の調べがリズミカルで、試歩の歩調の軽やかさが感じられます。「すみれたんぽぽ」とあえて季重なりにしたのも、春の季節感を濃厚にして、効果的でした。

早朝のグランドゴルフ大焚火《おおたきび》

基礎OK　福岡県　鳥井展石

「グランドゴルフ」ということで、早朝に集まっているのが、高齢の方々だということがわかります。中七《なかしち》で切れを入れ、人々が焚火に当たっていることを暗示しました。

ふらここや転校生になる明日

基礎OK

東京都　岸　来夢

明日、転校生として、新しいクラスメートの前に立たなくてはならないのです。「や」で切って生まれる余白に、胸中の不安感を託しています。

凍土《いてつち》に古書の積まれて収集日

感情OK

宮城県　武田初志

たとえ古書であっても、土の上に本が直に置かれ、捨てられてしまうのを見るのは、心が痛むものです。「凍土」が哀れを倍加しています。物に徹して、気持ちを伝えています。

ペダルこぐ眩《まぶ》しき腿《もも》や桜咲く

感情OK

兵庫県　池田秀昌

「腿」に焦点を絞って、健康な肉体が見えてきます。桜の季語の働きもあり、「腿」の持ち主を讃《たた》える気持ちが、まっすぐに伝わってくる、好句です。

病む夫《つま》の掌《て》にいっぱいの野《の》苺《いちご》を

感情OK

福岡県　生田裕子

外に出られない夫のため、妻が摘んできた「野苺」。手にいっぱいのせてあげたというところに慈愛の深さが思われます。

安全祈願タイヤにかくる新走《あらばしり》

ただの酒ではなく「新走」をかけたことで、「安全祈願」に加えて秋の豊作を寿《ことほ》ぐ意味も重なりました。「走」の字が、走行する車のイメージとつながっているのも巧いですね。

季語OK　埼玉県　下村孝子

大根干す妻は家計を語らざる

「大根干す」の季語が効果的でした。一つ一つ干していく単純作業の間、妻はあれこれ思い悩んでいるのかもしれません。互いを気遣う夫婦のつながりが胸を打ちます。

季語OK　埼玉県　千田武久

吊橋《つりばし》の鎖《さ》されてありぬ節分草

朽ちて、今にも崩れ落ちそうな吊橋なのでしょう。そのほとりに咲いている「節分草」は、いかにも人跡稀《まれ》な山中の雰囲気《ふんいき》を醸し出しています。

季語OK　埼玉県　深沢ふさ江

秋薔薇《あきそうび》パン屋の窓辺明るうす

夏の「薔薇」では「明るうす」が当たり前ですので、「秋薔薇」が的確でした。地元の人に愛されほそぼそ続いているパン屋であろうと思われるのも、やや陰《かげ》りのある「秋薔薇」の働き。

季語OK　神奈川県　三橋しのぶ

紫陽花《あじさい》や大仏様は雨の中

個性OK

東京都　田中祥治

遠近法をうまく使って、雨の鎌倉《かまくら》の風景を切り取っていますね。「紫陽花」ももちろん、雨の中で濡《ぬ》れているのです。

強面《こわもて》のボスの賛美歌クリスマス

個性OK

宮城県　籠居子

「ゴルゴ13」みたいにいかつい顔をした上司が、クリスマスの夜には、神妙な顔で賛美歌を歌っているというのです。「クリスマス」の季語を独自の切り口で詠《よ》んでいます。

研修医明日六月の花嫁に

個性OK

東京都　進藤喜子

「六月の花嫁」という、ともすれば俗っぽくなる語で、きちんと一句を仕立てています。仕事と家庭、どちらも充実させようとする現代女性らしいポジティブな生きざまが爽《さわ》やかです。

拳骨《げんこつ》はいたかつたらう蜜柑《みかん》むく

瞬間OK

島根県　野津理恵

子供のためを思って、拳骨を食らわせてしまったのだけれど、親としては悔いも残ります。蜜柑の皮をむいている今と、拳骨を食らわせた過去との対比が決まっています。

マスクの眼大きく笑う夜勤明け

瞬間OK

福岡県　波多江敦子

感染症流行の世相を切り取って、しかし絶望ではなく希望を感じさせます。「夜勤明け」と時間をはっきりさせ、疲れている時でも仲間が送ってくれた笑みの嬉《うれ》しさが伝わります。

抽出《ひきだし》に古き通帳濃山吹《こやまぶき》

瞬間OK

静岡県　大草　高

抽出に古い通帳を見つけた「今」の向こうに、懐かしい「過去」が見えてきます。「濃山吹」で、水辺の古い家を思いました。モノクロの風景に、この季語が色を足しています。

喜寿過ぎしバレンタインやチョコ一つ

余韻OK

茨城県　吉田　明

バレンタインデーは、若者を中心に盛り上がりますが、喜寿を過ぎた作者にも、嬉しい贈り物が。「チョコ一つ」でじゅうぶんとする慎ましい性格が想像できます。

新涼や眼鏡《めがね》を変えて読む便り

余韻OK

東京都　奥山庸子

近くがよく見える眼鏡にして、じっくりと手紙を読もうというのです。眼鏡を変えるという、何気ない動作を丁寧に書いて、「新涼」のあらたまった気分が出ています。

越後《えちご》より加賀《かが》へ転勤今年酒《ことしざけ》

余韻OK
大阪府　秋岡　実

どちらも有名な酒どころ。「越後」「加賀」という古い呼び名を使い、その土地の食文化を味わい尽くそうとする豪気な人柄がうかがえます。

ボルダリングの突起カラフル日脚《ひあし》伸ぶ

表現力OK
大阪府　石川貴也

上五《かみご》の大幅な字余りが巨大なクライミングウォールを感じさせます。「突起カラフル」の描写もとても真に迫っています。

カチューシャが追ひかけてゆく流し雛《びな》

表現力OK
和歌山県　中島紀生

「カチューシャ」で女の子を表わすという、いわゆる「換喩《かんゆ》」の技法が見事に決まった作です。時代は変わっても雛流しの伝統は受け継がれていくことを示しています。

じゃんけんぽんのうぜんかずらの花の下

表現力OK
東京都　足立ふみよ

子供たちが鬼ごっこでもして遊んでいるのでしょう。「のうぜんかずらの花の下」という、子供の背丈の低さを言い当てた表現が巧みでした。

特別編

旧かな文語活用一覧表

文語文法において、覚えておくべき動詞・助動詞の活用と、形容詞・形容動詞の活用の一覧表です。口に唱えながら覚えてしまいましょう。

主な動詞の活用

動詞の活用は、「続く語」をつけて読んでみよう。

【例】聞かず・聞かむ、聞きて・聞きたり、聞く、聞くとき・聞くこと、聞けども、聞け

活用	行	例語	語幹	未然形 ず・むに続く	連用形 て・たりに続く	終止形 言い切る	連体形 とき・ことに続く	已然形 どもに続く	命令形 命令で言い切る
四段	カ行	聞く	聞	か	き	く	く	け	け
	サ行	話す	話	さ	し	す	す	せ	せ
	ハ行	思ふ	思	は	ひ	ふ	ふ	へ	へ
	ラ行	知る	知	ら	り	る	る	れ	れ
上一段	カ行	着る	(着)	き	き	きる	きる	きれ	きよ
	ナ行	似る	(似)	に	に	にる	にる	にれ	によ
	マ行	見る	(見)	み	み	みる	みる	みれ	みよ
	ワ行	居る	(居)	ゐ	ゐ	ゐる	ゐる	ゐれ	ゐよ

上二段	タ行	落つ	落	ち	ち	つ	つる	つれ	ちよ
	ハ行	恋ふ	恋	ひ	ひ	ふ	ふる	ふれ	ひよ
	ヤ行	老ゆ	老	い	い	ゆ	ゆる	ゆれ	いよ
	ラ行	懲る	懲	り	り	る	るる	るれ	りよ
下一段	カ行	蹴る	（蹴）	け	け	ける	ける	けれ	けよ
下二段	タ行	捨つ	捨	て	て	つ	つる	つれ	てよ
	ハ行	答ふ	答	へ	へ	ふ	ふる	ふれ	へよ
	ヤ行	消ゆ	消	え	え	ゆ	ゆる	ゆれ	えよ
	ラ行	流る	流	れ	れ	る	るる	るれ	れよ
	ワ行	植う	植	ゑ	ゑ	う	うる	うれ	ゑよ
カ行変格	カ行	来（く）	（来）	こ	き	く	くる	くれ	こ・こよ
サ行変格	サ行	す	（す）	せ	し	す	する	すれ	せよ
ナ行変格	ナ行	死ぬ	死	な	に	ぬ	ぬる	ぬれ	ね
ラ行変格	ラ行	あり	あ	ら	り	り	る	れ	れ

主な助動詞の活用

助動詞は、活用語の何形に接続するかを確認しよう。

【例】推量の助動詞「む」は活用語の未然形に接続。話さ（未然形）む、となる。

種類	基本の形	未然形	連用形	終止形	連体形	已然形	命令形	接続
受身・尊敬・可能・自発	る	れ	れ	る	るる	るれ	れよ	四段・ナ変・ラ変の未然形
	らる	られ	られ	らる	らるる	らるれ	られよ	四段・ナ変・ラ変以外の未然形
使役・尊敬	す	せ	せ	す	する	すれ	せよ	四段・ナ変・ラ変の未然形
	さす	させ	させ	さす	さする	さすれ	させよ	四段・ナ変・ラ変以外の未然形
	しむ	しめ	しめ	しむ	しむる	しむれ	しめよ	未然形
打消	ず	○	ず	ず	ぬ	ね	○	未然形
		ざら	ざり	○	ざる	ざれ	ざれ	
打消の推量	じ	○	○	じ	じ	じ	○	未然形
推量	む（ん）	○	○	む（ん）	む（ん）	め	○	未然形
（過去推量）	けむ（けん）	○	○	けむ（けん）	けむ（けん）	けめ	○	連用形
（現在推量）	らむ（らん）	○	○	らむ（らん）	らむ（らん）	らめ	○	終止形（ラ変は連体形）

推量・当然	べし	○	べく	べし	べき	べけれ	○	終止形（ラ変は連体形）
		べから	べかり	○	べかる	○	○	
推量・推定	らし	○	○	らし	らし	らし	○	終止形（ラ変は連体形）
伝聞・推定	なり	○	なり	なり	なる	なれ	○	終止形（ラ変は連体形）
過去	き	せ	○	き	し	しか	○	連用形 ※カ変・サ変には特殊な接続となる。
過去・詠嘆	けり	（けら）	○	けり	ける	けれ	○	連用形
完了	つ	て	て	つ	つる	つれ	てよ	連用形
	ぬ	な	に	ぬ	ぬる	ぬれ	ね	連用形
	たり	たら	たり	たり	たる	たれ	たれ	連用形
	り	ら	り	り	る	れ	れ	四段の已然形 サ変の未然形
断定	なり	なら	なり／に	なり	なる	なれ	なれ	体言・連体形
	たり	たら	たり／と	たり	たる	たれ	たれ	体言
願望	たし	（たく）	たく	たし	たき	たけれ	○	連用形
		たから	たかり	○	たかる	○	○	
比況	ごとし	（ごとく）	ごとく	ごとし	ごとき	○	○	体言・連体形・助詞「の」「が」

※カ変「来《く》」には「来《こ》し・来《こ》しか」「来《き》し・来《き》しか」、サ変「す」には「せし・せしか」「しき」という特殊な接続となる。

主な**形容詞**の活用

形容詞の活用は、「続く語」をつけて読んでみよう。

【例】高くは・高からず、高くなる・高かりき、高し、高きこと・高かるべし、高けれども、高かれ

種類	基本の形	語幹	未然形 は・ずに続く	連用形 なる・きに続く	終止形 言い切る	連体形 こと・べしに続く	已然形 どもに続く	命令形 命令で言い切る
ク活用	高し	高	（く） から	く かり	し ○	き かる	けれ ○	○ かれ
シク活用	涼し	涼	（しく） しから	しく しかり	し ○	しき しかる	しけれ ○	○ しかれ

主な**形容動詞**の活用

形容動詞の活用は、ナリ活用とタリ活用があります。

【例】ナリ活用は、「あはれなり」「しづかなり」のように語幹が和語の場合に用いられ、タリ活用は「平然たり」「従容たり」と語幹が漢語の場合に用いられます。

種類	基本の形	語幹	未然形 ずに続く	連用形 て・たりに続く	終止形 言い切る	連体形 とき・ことに続く	已然形 どもに続く	命令形 命令で言い切る
ナリ活用	あはれなり	あはれ	なら	なり／に	なり	なる	なれ	なれ
タリ活用	平然たり	平然	たら	たり／と	たり	たる	たれ	たれ

本書は、「NHK俳句」の
連載「あなたの俳句を添削します　誌上添削教室」
（2019年4月号〜2023年9月号　髙柳克弘の回）を
再編集、加筆したものです。

装画・イラスト　五味太郎
装幀　芦澤泰偉＋明石すみれ（芦澤泰偉事務所）
本文デザイン　明石すみれ
校正　青木一平
本文組版　天龍社

髙柳克弘（たかやなぎ・かつひろ）

１９８０年、静岡県浜松市生まれ。早稲田大学教育学研究科博士前期課程修了。２００２年、俳句結社「鷹」入会、藤田湘子に師事。現在、編集長。著書に『凜然たる青春――若き俳人たちの肖像』（第22回俳人協会評論新人賞）、『ＮＨＫ俳句　作句力をアップ　名句徹底鑑賞ドリル』「別冊ＮＨＫ俳句　脳活！まいにち俳句パズル」シリーズ、『究極の俳句』、『そらのことばが降ってくる――保健室の俳句会』（第71回小学館児童出版文化賞）ほか。句集に『未踏』（第１回田中裕明賞）、『寒林』、『涼しき無』（第46回俳人協会新人賞）。「ＮＨＫ俳句」２０１７年度、２０２２年度選者。読売新聞朝刊「ＫＯＤＯＭＯ俳句」選者。早稲田大学講師。

ＮＨＫ俳句
添削でつかむ！俳句の極意
7つのメソッドで力がつく

２０２３年10月20日　第１刷発行
２０２４年８月25日　第３刷発行

著者　髙柳克弘

発行者　江口貴之
発行所　ＮＨＫ出版
〒１５０-００４２　東京都渋谷区宇田川町10-３
電話　０５７０-００９-３２１（問い合わせ）
　　　０５７０-０００-３２１（注文）
ホームページ　https://www.nhk-book.co.jp

印刷　大熊整美堂
製本　藤田製本

Printed in Japan　ISBN 978-4-14-016285-9　C0092